U0563838

〖中华诗词存稿·军旅专辑〗
中华诗词学会 编

军旅诗词汇编

红叶诗词十年选

（2008—2017）

张心舟 主编

图书在版编目（C I P）数据

军旅诗词汇编：红叶诗词十年选 / 张心舟 主编. -- 北京 ：中国书籍出版社，2019.12
（中华诗词存稿）
ISBN 978-7-5068-7793-0

Ⅰ. ①中… Ⅱ. ①张… Ⅲ. ①诗词—作品集—中国—当代 Ⅳ. ①I22

中国版本图书馆CIP数据核字(2019)第295097号

军旅诗词汇编：红叶诗词十年选 （2008-2017）
张心舟 主编

责任编辑 毕 磊
责任印制 孙马飞 马 芝
封面设计 采薇阁
出版发行 中国书籍出版社
地　　址 北京市丰台区三路居路 97 号（邮编：100073）
电　　话 （010）52257143（总编室） （010）52257140（发行部）
电子邮箱 eo@chinabp.com.cn
经　　销 全国新华书店
印　　刷 北京虎彩文化传播有限公司
开　　本 710毫米×1000毫米 1/16
字　　数 204 千字
印　　张 16.25
版　　次 2019 年 12 月第 1 版 2019 年 12 月第 1 次印刷
书　　号 ISBN 978-7-5068-7793-0
定　　价 1098.00 元（全4册）

《中华诗词存稿》
编委会名单

《中华诗词存稿·红叶诗词十年选》

编委会名单

总　序

我们这个诗歌大国有一个很好的传统，历来注重“采诗”、搜集整理诗歌材料。作为唯一的全国性诗词组织的中华诗词学会，自1987年5月成立以来，就十分重视这项工作。学会每年的学术研讨会和历届“华夏诗词奖”，都出版论文集和获奖作品集。纪念学会成立二十年、三十年时，还专门编辑出版了《大事记》《论文选集》《诗词选集》。《中华诗词》创刊以来，每年都制作年度合订本。2007年5月，在北京天识东方文化艺术传播有限公司的资助下，以近代以来诗词创作、诗词理论、诗词运动重要文献汇编，当代名家个人作品专集等为主要内容，出版了《中华诗词文库》。经过十来年的编辑整理，已经出了近百卷。这些诗集、文集的出版，记录了近百年来尤其是改革开放四十多年来，中华诗词从起步、复苏走向复兴的砥砺前行的历程，为近、当代诗歌史的撰写准备了丰富的资料。

党的十八大以来，中华民族优秀传统文化重新受到应有的重视。习近平总书记《念奴娇·追思焦裕禄》词和《军民情》七律的相继发表，引领中华大地诗潮滚滚而来。《中共中央关于繁荣发展社会主义文艺的意见》和中办、国办《关于实施中华优秀传统文化传承发展工程的意见》，都明确提出“加强对中华诗词、音乐舞蹈、书法绘画、曲艺杂技和历史文化纪录片、动画片、出版物等的扶持。”国家教育部组织制定由中华诗词学会起草的新中国语言体系中的新韵书《中华通韵》已经通过国家语言文字工作委员会语言文字规范标准审定委员会审定，即将颁布全国试行。这些都使我们真切地感受到，中华诗词的春天真的到来了。诗人们乘着骀荡春风，正以高昂的激情，书写着中华民族伟大复兴的新时代、新史诗，国家富强、民族振兴、人民幸福的中国梦；正以与人民同呼吸、共命运的诗人之心，对人民的欢乐、人民的忧患、人民的情怀给以诗意的表达；正以“美”或“刺”的诗人之笔，对市场经济大潮中人民对幸福生活的期待，对美好未来的希望，对假丑恶的深恶痛绝，或给以方向，或给以赞美，或给以鞭挞。正如习近平总书记所指出的：“好的文艺作品就应该像蓝天上的阳光、春季里的清风一样，能够启迪思想、温润心灵、陶冶人生，能够扫除颓废萎靡之风。”

当前，传统诗词创作者和诗词爱好者队伍发展迅速，已超过三百万。每天创作的诗词作品超过唐诗、宋词、元曲的总和。诗词评论研究队伍也成长很快，诗词评论、诗词学、诗词创作理论研究成果丰硕。如何从浩如烟海的诗词作品中“淘”出优秀作品，并使之存下来、传下去，如何使诗词研究理论成果“面世”并发挥应有的指导作用，确实是摆在我们面前的无可回避的一个重要课题。中华诗词学会是一个没有国家编制，没有国家拨款的社会团体，事业的运转主要靠社会赞助和会员费支撑。俊识（北京）文化传媒有限公司总经理吕梁松、北京采薇阁总经理王强，两位一直是对中华传统文化情有独钟的热心人，慷慨解囊，愿意同中华诗词学会一起，搜集整理编辑推出《中华诗词存稿》这套书，共同为中华诗词文化的继承和发展，做成这件十分有意义的事情。

《中华诗词存稿》主要搜集整理出版三部分内容的资料：一是当代诗词名家的个人作品集；二是当代诗词评论家、诗词学者的学术著作集；三是当代诗词作品、诗词理论学术成果阶段性、专题性、地域性的集成类作品集。诗词作品强调精品意识，沙里淘金，把“有筋骨、有道德、有温度”的优秀诗词作品搜集起来。诗词评论、研究类资料强调理论性和创新性，应具有鲜明的个性特点，具有创建性的见解。集成类的资料应有一定的史料保存价值。总之，做成一套具有当代价值和历史意义的好书。在此，我们编委会人员，向提供资料、筛选编辑、版面设计、校对勘误，包括所有为这套资料付出辛勤劳动的同志们，表示真诚的谢意！

郑欣淼

二〇一九年七月于北京

前　言

2017年是中国人民解放军建军90周年，也是解放军红叶诗社成立和《红叶》诗辑创刊的“而立”之年。回顾《红叶》的发展历程，十年磨一剑：2012年10月红叶诗社编辑出版了第一本《红叶诗词十年选》，收入400位作者的800余首诗作；2007年7月，编辑出版了《红叶诗词十年选》（1998—2007），收入474位作者的895首诗作；2007年8月诗社着手编辑《红叶诗词十年选》（2008—2017），这一卷共收入772位作者的1352首诗作。

2008—2017这十年，是《红叶》从筚路蓝缕的初创时期，经过茁壮成长的稳定发展时期，走向改革创新、繁荣发展的新时期。

这十年，《红叶》两次改版、扩版，增加了容量，改进了装帧，增设了名家点评，提高了诗刊品位。

这十年，《红叶》的作者激增，新人辈出，尤为可喜的是中青年多了，部队现役官兵多了，标志着军旅诗词的传承和军旅诗坛后继有人。

这十年，《红叶》由“老战士诗词丛书”，更名为“军旅诗词丛书”和“中华军旅诗词丛书”，标志着《红叶》已由老同志抒发情怀、自娱自乐的园地，逐步发展成为助力强军兴国，传播先进文化，引领社会风尚的平台。

这十年中，《红叶》举办了两届军旅诗词研讨会和优秀军旅诗词评奖活动，开展了采风、采访和师生诗友唱和活动，开通了“红叶网站”，推动了军旅诗词创作的繁荣，推出了一批精品佳作，促使一批年富力强的优秀军旅诗人脱颖而出。

我们高兴地看到《红叶诗词十年选》（2008—2017）收入的作品水平较前两卷有明显提高。这些作品紧跟党中央、中央军委的部署，紧扣时代脉搏，关注国家和军队改革、建设、发展的步伐，主旋律更加响亮、激越，艺术水准更加精湛，意境更加深邃，诗味更加浓郁。可以说它是十年创作成果的总结和集中展示，记录着这十年《红叶》开拓前进的光荣历程和铿锵足音，捧出的是新老红叶人爱党、爱国、爱我人民爱我军一颗颗炽热的心。

应当说明的是收入的作品是从《红叶》10年刊发的1800多位作者，近20000首诗作中由多位编辑人员分工遴选后再由两位副主编集中统稿，见仁见智，难免有偏颇之失和遗珠之憾，且编辑水平所限，恐有错讹，还请方家和读者批评指正。

编　者

2019年4月16日

目 录

乙白海

吊毛岸英烈士

长忌垂堂惜子心，烽烟起处壮从军。
寒江跨过冰燃火，炸弹飞来鹤化魂。
红色门庭连折栋，中南海水咽无音。
至今留得潇湘月，犹照仓山烈士坟。

红叶诗社编《百年抗争诗词选萃》读后

雷霆风雨蔚成编，慷慨神州溯百年。
节士毫端啼杜宇，英才笺上啸龙泉。
浩歌宁为山河痛，怒吼由来血火燃。
吟入兴亡诗有骨，骚魂史魄薄云天。

丁　玉

忆渡江战役

油菜花香细雨绵，雄师百万下江南。
如龙劲旅船飞桨，似虎精兵箭脱弦。
弹落长河波浪涌，帆扬天堑杀声喧。
金陵烟起凶顽灭，胜利高歌震九天。

丁　芒

天亮庄

冷霜遍野雾朦胧，天亮庄前破晓风。
不使乡亲惊好梦，茅檐坐待早霞红。

注：革命战争时期我军多夜间活动。天亮到达村庄宿营隐蔽，故军中惯称宿营地为“天亮庄”。

突围令

将军举手劈斜晖，逐地风来喊突围。
炸药甫开破壁浪，机枪又砸裂钢锥。
弹飞痛扫包天胆，血刃惊抛落地盔。
霹雳排空呼啸去，空留叹息付残灰。

十人桥

云飞陇海起狂飙，桂系“王牌”气已凋。
断渡惊焚群鼠胆，凌河怒立十人桥。
酸风射眼无回顾，恶浪摧身不动摇。
万马千军肩上过，碾庄遥望火如潮。

丁子骏

过大庾岭

晨曦薄岭巅，勇士奋当先。
令下山河动，旗飞草木翻。
人如虎添翼，马似箭离弦。
铁拳挥南粤，越过大庾关。

丁浩然

勘察归来

查勘竟日不言难，笑语归来有美餐。
戈壁梦回庭外踱，一轮明月出天山。

丁继松

拓荒杂咏

卸掉戎装去垦边，而今把酒话当年。
荒池放鸭迎晨雨，蚊帐防虻过午天。
完达山边欣割麦，黑龙江上好撑船。
晚来小火烹鱼肉，食后惊呼未放盐。

丁德润

回忆参军六十周年兼致军委工校首届校友

从戎携笔赴张垣，回首匆匆六十年。
伏虎降龙凭利剑，保家卫国仗忠肝。
披星戴月争分秒，沥血呕心忘暑寒。
今日中华光世界，身虽解甲亦陶然。

于　真

六和塔下望钱塘江大桥

塔曰六和临大江，一虹飞纵过钱塘。
桥头勇士知多少，犹忆英雄蔡永祥。

于志民

千秋岁引·陈毅元帅百岁诞辰重读《梅岭三章》

每览华章，如闻鼓角，犬犯鹰瞵莽丛索。千伤万死巉岩赤，此头须对梅花落。正气扬，山河壮，肝胆托。　几见鲲鹏云际搏，几见鷃鹑盆底啄。往事沉沉忍忘却。华颠旧部膺风节，流光宁蚀旗前诺。浪骇时，灯红夜，思量着！

读《中华诗词文库》军旅诗词卷

百年几代执戈人，墨写血濡披素襟。
牢记长征肝胆语，情牵守堡赤诚心。
康平不懈亲弓马，忧患当先茹苦辛。
赋得军魂昭日月，戎衣本色是雄浑。

于选成

参加我国首次核试验

东风催度玉门关，冰饮沙餐趣话间。
光闪雷鸣寰宇震，蘑菇拔起碧云边。

于海洲

沁园春·地下长城颂

赤县神州，万里河山，万里国疆。筑城连地下，深藏利器；仰观天上，警惕豺狼。安不忘危，备能防患，浩大工程好武装。反侵略，正枕戈待旦，剑拔弓张。　风云变幻无常，看东海南沙涌浪狂。问屡参神社，居心何在？平衡亚太，战舰狓猖。尔逞强权，我修坚壁，重建丝绸富路长。中华梦，正和平发展，改革兴邦！

于福长

忆兰州战役兼悼阵亡战友

雄师十万下兰州，五马哀鸣顷刻休。
郁郁皋兰凝碧血，滔滔黄水悼同俦。

万拴成

玉蝴蝶·石河子谒王震将军铜像

谁塑将军金像？松扶花护，照影青苍。未掸征尘，先自勘踏荒凉。任青骢、扬蹄奋鬣，依然是长啸沙场。更连营，雄兵十万，握镐持枪。　辉煌！南追穷寇，西剿顽匪，屯戍边疆。带甲犁田，转眸戈壁献棉粮。露营地、琼楼叠起；饮马川、瓜果飘香。待黄昏，游人如织，歌醉斜阳。

八声甘州·石河子谒周总理纪念碑

对苍苍暮色染平畴，丰碑入高云。看花红绿野，松青紫陌，独吊公魂。手撷芳兰一束，聊胜酒盈樽。华发当年客，幽思纷纷。　犹记清风林樾，送数声细语，塞外生春。问淙淙渠水，谈笑可曾闻？孰能忘、安邦定国，遍寰中、万众仰昆仑。凝眸处，正星天远，皓月如轮。

万朝奇

再别老战友

廿年欣喜又重逢，唱起军歌兴未穷。
白发稀疏退休后，青春火热战尘中。
犹怀塞上关山月，难忘沙场北国风。
后会有期频握手，知君别意与吾同。

马从忻

过雪山

单衣赤脚步蹒跚，未觉刀剜疼是寒。
胜败惟悬千仞壁，死生只在发毫间。
狂风怒吼冰峰折，大雪纷飞壮士眠。
老汉每思当日事，心中更爱好江山。

马礼诚

战地重游

故地重游逸兴长，清风无意惹花香。
群峦叠宕千层碧，陵地深幽一径荒。
人聚河城喧嚷嚷，情随逝水入茫茫。
烽烟涤尽寻无迹，指点空山忆战场。

马财成

一剪梅·学诗乐

脱却军装度晚年，别了戎坛，进了文坛。学诗赏曲乐无边，唱也陶然，和也陶然。　逸兴抒怀赋远帆，身处尧天，笔颂尧天。常同老友话新篇，平仄颠颠，词意掂掂。

马英杰

卜算子·西山红叶

枫叶浸秋霜，红遍西山壑。尽染层林艳丽姿，胜过阳春色。　无意与花争，堪比朝霞赤。大野缤纷异彩呈，沃土群芳坼。

卜算子·军校毕业三十年抒怀

曾赴古长安，教室连排坐。小雁塔旁两度秋，斗室邻床卧。　　岁月快如梭，转眼经年过。地北天南各一方，微信来寻我。

马茂书

忆授军旗①

黄家场地集雄师，铁马金戈日映姿。
号角一声齐立正，将军双手捧军旗。

注：① 1949年7月某日，二野十军在安庆市黄家狮操场举行授旗仪式。

马尚义

忆戍边

塞外风光无限好，一生戎马气轩昂。
巡逻爱听松涛吼，站哨常闻野卉香。
铁甲晨披迎旭日，吴钩夜洗发寒光。
匆匆往事成追忆，胸剩豪情赋锦章。

马国征

南京解放六十周年

东南形胜古城池，覆地翻天谱史诗。
沧海桑田非旧貌，蒿莱萧艾变兰芝。
杏花春雨饶风韵，淮水钟山展秀姿。
多少英魂曾洒血，毋忘传统奋驱驰。

马明德

题抗日将领马耀南

为止家乡战火焚，横刀立马建功勋。
长衫飘逸本文彦，赤脚腾挪成领军。
黑铁山头张义帜，小清河畔叱风云。
民谣所颂昔年事，青瓦故居槐在吟。

王　玉

老帽山六壮士

浴血危崖烈，舍身为鬼雄。
英灵何处觅？化作五星红。

王　贵

魂系西藏

心在边陲身在京，魂牵梦绕雪山鹰。
荧屏每日赏新捷，刊讯连年阅旧情。
屡见婀娜长袖舞，常闻豪犷牧歌声。
风光无限珠峰伟，更喜高原百业兴。

渔家傲·昌都战役藏民支前（新声韵）

莽莽荒原途漫漫，冰河雪岭阻难断。五路雄师千岳撼。金沙岸，皮船木艇陈兵满。　　骡马牦牛夕复旦，藏胞踊跃支前线。驮物驮粮出大汗。昌都战，全凭藏汉同心干。

王　维

忆秦娥·潜艇舰桥远眺

长空碧，汪洋浩瀚东南去。东南去，云飞浪涌，万波相继。　　海阔只为江河集，军威更待英才聚。英才聚，蓝疆谱曲，放歌天际。

西江月·送退伍老兵

几度驭鲸驰骋，今朝泪眼迷蒙。兵如流水铁盘营，互卸肩章沉重。　　班长忠心相映，新兵戎甲初成。明晨谁与续峥嵘？守岗扛枪待命。

王　琮（女）

参观信阳一航院阅兵仪式感赋

新旅在军营，号角连云壁。信阳有高朋，照人肝胆赤。佳节偕姊来，满眼迷彩色。雏鹰学翅展，方阵排排立。旌旆呼风迷，脚步砰砰踢。飒飒身矫健，豪气冲天极。无愧好男儿，观之犹叹息。谁言八零后，娇弱扶无力。莫道风霜苦，雪里松犹碧。身作和平客，矢志齐投笔。神疆土如金，闻鸡思祖逖。携梦枕长城，盈襟浩气逼。肃然仰军威，归来神自逸。

王　霖

忆跳伞训练

凌空一跃坠穹苍，脚下花开朵朵芳。
倏忽飞升翔浩渺，霎时飘舞沐天罡。
腾云俯视槐安国，放眼宏观古魏邦。
并膝从容回大地，神兵天降镇辽疆。

王　赋

哨所晚炊

记得边关溪水旁，青蒿点火炒蘑香。
轻烟缭绕如思绪，野味和风煮月光。

一顶旧军帽

人老更怀战士情，多因解甲总思兵。
当年一顶单军帽，供在书斋不肯扔。

王　勤

木兰花慢·北固楼怀古

问长江逝水，英雄泪，几曾收。看雪浪横天，吞吴隐越，难吊孙刘。不见鱼龙出没，剩苍茫北固镇天流。遥望西津渡口，古今泊几归舟。　唐风宋雨浸诗愁，气象夺千秋。听辛公啸傲，栏干拍遍，有志难酬。许国壮怀尤烈，憾今生、无计与君俦。但看层云荡尽，清光月满斯楼。

王　琳（女）

西江月·红叶

红叶烹诗意惬，黄花佐酒情酣。分将秋色入云笺。任取丹心一片。　梦里西山火炬，手中将士丛刊。层林尽染白云边，总是军魂耀眼。

临江仙·贺母亲秘密入党六十周年

月上太行驱夜雾，春随步履匆匆。寒窗烛剪党旗红。曳裙迎曙色，投笔挽雕弓。　荏苒光阴花甲子，鬓边过耳霜风。当年誓语诵犹洪。一生无愧怍，风雨任从容。

赞北京军区通信总站女兵六连

谁将沧海寄为家，飒爽英姿面若霞。
敲键担当千里目，赛歌不避一喉沙。
手机才掩情柔泪，石岭争开靶上花。
匀得青春春几许，并肩七尺壮天涯。

鹧鸪天·强5飞行团长训练归来

右挟军刀左挟盔，狂飙一啸带霜回。独留天马日边卧，恍见嫖姚云里归。　紫膛脸，挂朝晖。轻烟微印剑弓眉。多情牵动青青草，摇曳珠珠霞露飞。

王　毅

浣溪沙·伏“敌”

夜半深林闻野狼，伏兵侵晓两襟霜，凝眸紧握手中枪。　落叶耳边声索索，流泉身后水汤汤，从容待“敌”劲弓张。

拉　练

当空悬霁月，拉练夜初冬。
铁甲冲天啸，军旗映日红。
疾风寒彻骨，豪气荡全胸。
此去程千里，何辞险万重。

王力军

破阵子·四机空战演习

布阵排兵战室，穿云破雾蓝天。千米机场银燕起，万里晴空白线连，长僚将“敌”拦。　电掣风驰翻转，上升筋斗盘旋。瞄准目标即开炮，歼“敌”空中奏凯还，练为征战先！

王力勋

行军路上

空山冷雨湿征衣，人过栈桥马越溪。
身隐密林抬眼望，南来归雁也飞低。

别战马

重炮辎车不过江，紧追穷寇要轻装。
情深自有别离恨，纵是无言也感伤。

王乃坤（女）

读《红叶》有感

红叶经霜色更浓，金戈铁马著军功。
心潮澎湃诗思涌，鼓入枫林锦绣丛。

战友来陕

江边战火临，热血捍国门。
有幸同窗训，无暇闲话频。
重逢称耋耄，惯熟辨乡音。
叙忆当年景，迟开半世唇。

王子江

巡边吟

寒掩关山雪掩青，茫茫天路断人声。
朔风寂寞围林跑，红日孤独越境行。
踏碎星光诗履瘦，背熟寸土界疆清。
归来一曲巡边赋，军裤床头化落冰。

南歌子·女兵歌

塞上花香淡，天涯雁影疏。妙高峰上夜明珠，不问画眉深浅入时无。　　飒爽贝雷帽，英姿迷彩服，南拳北腿好功夫，笑把风霜雪雨满身涂。

放鸽吟

旭日如花绽翠微，白鸽点点缀天帷。
春风特写营门处，着绿军人手在飞。

王长征

喝火令·瞻仰杨靖宇将军殉国地有感

黄叶幽幽谷，青枝郁郁松。百年烟雨唱英雄。救国拔刀而起，浩气贯长虹。　笑洒青春血，催红万树枫。为除倭寇建奇功。壮志如歌，壮志傲苍穹，壮志放舟东海，再驾太平风。

王玉芳（女）

赞环卫工人

星光月夜影婆娑，铁帚犹如织女梭。
汗洗家园尘不染，赢来春意满城多。

王禾嘉

八一感怀

戎装常现梦魂中，每忆军歌响碧空。
几卷旧书权作伴，一枝秃笔试当弓。
愧无功绩三生憾，堪慰豪情两袖风。
喜看神州春烂漫，老兵幸沐夕阳红。

江城子·胸章

感君偕我沐硝烟。旧容颜，梦魂牵。岁月峥嵘，噙泪忆当年。六十春秋天地转，情未老，寄新篇。　莫忘英烈把躯捐。立碑前，禀先贤：改革东风，驱雾丽尧天。华夏腾飞惊世界，迎旭日，再加鞭。

王东方

忆抗美援朝战争

抗美援朝凝血火，铭心刻骨著诗篇。
夜袭敌阵云遮月，昼宿山林雾漫天。
一片杀声鬼胆破，几番鏖战凯歌还。
而今健在幸存者，热血沸腾忆往年。

王亚平

沁园春·地窝子

学古人居，迎万重沙，对百丈冰。任椽间一孔，长流月色；门边数罅，时漏风声。莫合烟浓，垦荒梦美，鼻息如雷摇壁灯。闻鸡起，伴南泥湾调，耕落残星。　卅年巨变堪惊。看北国江南处处青。更渠旁堤畔，春风得意；枝头垅里，瓜果欢腾。广厦驱寒，老兵退伍，难忘悠悠陋室情。遗址上，听有人吊古，正赋长征。

沁园春·坎土曼

伫立窗前，无语相看，思绪万千。叹开渠引水，三分柄瘦；披荆斩棘，数寸锋残。大漠驱寒，莽原夺宝，唤取春风出玉关。卅年后，看嫣红姹紫，绿满天山。　几番梦绕魂牵。念壮士青青两鬓斑。更几人健在，依依堤上；几人作古，默默垅边。红柳情深，白杨意重，应记当年创业难。东流水，唱英雄子弟，又上征鞍。

沁园春·军垦第一犁

百战将军，戍边猛士，塞上躬耕。看一犁破土，荒滩春涌；双肩并力，大漠弦惊。体曲弓张，息凝劲发，此际无声胜有声。淋漓汗，正浇开新蕊，驱逐残冰。　壮哉北国长城。听四海争谈农垦兵。更毡房手鼓，永存豪气；牧场笛韵，长颂威名。千里宏图，百年基业，自有边关子弟承。仰天啸，唱英雄本色，万古长青。

王全有

诗词创作刍议

一

律是身躯意是魂，作诗首重写当今。
开篇都是唐“三彩”，何论提高与创新。

二

写诗重在感情真，一曲心歌泪满襟。
口号连篇无意境，味同嚼蜡不堪吟。

王业才

夜　训

夤夜空山鸟不鸣，轻装破雾悄无声。
树皮粗细知方位，曲径途长计里程。
荒冢野村心有数，危崖深涧路难行。
军情分秒岂容缓，虎翼风生足未停。

王成才

重读毛主席“向雷锋同志学习”题词

从戎投笔恰同年，每忆雷锋总汗颜。
春日融融亲战友，秋风烈烈扫凶顽。
行为效仿原非假，思想研究岂是玄。
一自新星璀璨后，万千灯火映河山。

加入解放军红叶诗社感赋

吾曾一个兵，数载沐春风。
执戟长城上，挥鞭细柳营。
狂飙摧嫩叶，重病断征程。
未了边关愿，来还红叶情。

王兆如

功勋试飞员李中华

壮志凌云越九天，追星逐月闯千关。
难能失控瞬间事[1]，一样从容奏凯还。

注：① 在飞机失控距地面仅一千多米、七秒半的时间内，李中华果断手动操作，最终安全返航。

王兆昂

忆进藏平叛

银絮铺千里，高原任策鞭。
狂风呼暴雪，骏马滞山巅。
夜宿天为帐，酣眠地作毡。
藏区平叛乱，将士凯歌还。

王兆祥

破阵子·忆下团训练航法

晨起三分曙色，晚归一抹斜阳。气象台前询数据，方框区中校短长。塔台作导航。　　不管身心苦累，只求成果辉煌。信号腾空传指令，清场驱车向课堂。歌声一路扬。

王冰冰

驻训南京江段偶题

石头城外柳含烟，漫引书生说剑篇。
携笔从戎初拜尉，去乡报国欲刑天。
终将寥落无多日，正是风华不少年。
一水沧浪还击棹，何人更在碧云间。

王兴一

水龙吟·瞻仰陕西渭华起义旧址有感

红星铁铳梭镖，搅浑渭水波涛起。曳光四射，铡刀八面，浩歌一曲。雷裹硝烟，风追呐喊，雨拂弹壁。看松明火把，镰锤斧钺，撕开了，新天地。　　四野望中如洗，旌旗下，朝霞洗礼。新芽初乍，金犁早动，春潮带雨。通衢高架，清流映翠，华山涨绿。对英雄致敬，阳光欣慰，照江山碧。

王兴华

鹧鸪天·兵

河北山南聚戍堂，汉回蒙满统一装。稍息立正同腔调，军号频吹战事忙。　　南海守，北疆防，保国重任我担当。平生最爱边关月，得意征程喜挎枪。

王如剑

边　卡

茫茫万里沙，哨卡是吾家。
漫说边关冷，依然著百花。

王苏祥

居庸关怀古

雄关据形胜，巍耸却胡尘。
剑气凝沧海，角声燃漠云。
袁师忾烽燧，高尉讶衣衿。
贤佞兴衰事，硐楼作慨吟。

龙泉剑

名匠铸茨山，星罗北斗环。
青霜流易水，紫气薄秦关。
弹罢松涛怒，舞来飞瀑寒。
他年赠豪杰，长啸斩狼烟。

王改正

瞻陈独秀旧居

九派横流夜暗时，一江汹涌待晨曦。
石墙院落芭蕉老，凉月孤舟冻雨凄。
翠柏临风铜骨瘦，青竹傲雪劲节奇。
何年重过江津路，再看春风绿柳枝。

哨　月

夜哨山风静，枪尖瑞月明。
不知乡里梦，可与此时同？

号　鸣

号动营盘月，兵摘窗上星。
弯弓为射马，奋臂举旗旌。

王纪波

定风波·公安烈士赞

莫恋芳菲昨日花，长征万里路犹赊。天外风雷声又起，云翳，忽然大漠走狂沙。　　誓死英雄提虎胆，横剑，何妨血染日边霞。马革裹尸成一快，豪迈，忠魂长护大中华。

王佐邦

风雪驰祁连

扬鞭风雪跃祁连，回首刀鞍二十年。
鬣舞冲天穿玉宇，蹄腾绝地漫银烟。
裁峰志壮千钧剑，劈野神驰万里田。
骠骑将军踪迹处，英雄儿女谱新篇。

忆入山海关

苍莽鳌头入望迷，雄垣万里绕天西。
当年出塞羊行道，今日飞轮马歇蹄。
山跃玉龙连碧海，城披金甲耀红旗。
征程浩荡乾坤扭，难忘榆关踏雪泥。

王应芳（女）

瞻仰海口海瑞墓

翠竹青松掩墓园，粤东正气匾高悬。
横眉铁骨惩奸霸，俯首丹心雪庶冤。
万死不辞匡社稷，一生廉洁守贫寒。
海青天誉千秋颂，今日贪官应汗颜。

王林扶

读《毛泽东遗物事典》有感

筷　子

不拈牙箸远金银，竹木三餐最可心。
莫道细微无足重，崇廉尚俭好执钧。

饮　茶

龙井清香驱夜困，精神抖擞著雄文。
茶资全自职薪付，不用公家钱半分。

王明洪

出　塞

大漠长风起，边陲放歌行。
战旗连瀚海，龙泉夜夜鸣。

王尚文

沂蒙山革命根据地

烽烟散尽访沂蒙，绿水青山觅旧踪。
大众报编茅舍下，山东纵扎教堂中。
鸡汤恩重军心振，乳汁情深民意浓。
尤是孟良崮上洞，雄狮威阵毖顽凶。

王树令

北疆兵歌

踏雪借星光，挎枪巡界疆。
林中尤仔细，警惕潜豺狼。

王厚今

浣溪沙·鲁西南大捷二首

突破中原折敌“钳”，黄河挥浪鼓云帆，大军飞降鲁西南。　攻点啃边兼引敌，反攻炮火震云天，冲锋号响郓城还。

西线定陶奏凯旋，挥师东进摆营盘，“围三阙一”捷音连。　六十六师休挂齿，灰飞烟灭下羊山。铁流南下更无前。

王济生

“渡江第一船”

三月烟花备战艰，飞舟泅水勇争先。
一声号令千帆渡，万里长江第一船。

中秋夺城战

历城佳景泉湖山，齐烟九点名人传。蒋军盘踞黎民苦，风雨长夜盼晴天。秋叶萧瑟催战鼓，月影西移号角喧。勇士渡河炸堡垒，梯断人亡泪不弹。顽敌凶残更据险，战士冲锋把身捐。发扬民主集众智，红旗破晓勇夺关。角楼搏杀尸成片，急跃入城又争先。横扫千军擒敌首，换来齐鲁满笑颜。凌阁高悬诗篇颂，后人敬仰忆当年。神州崛起创四化，先烈含笑眠九泉。

王冠岭

老兵回营

霜鬓老翁心激动，退休十载又回营。
值班室内鼠标滚，阵地屏前一览明。
宝剑普装千里眼，官兵广纳大学生。
歇鞍未敢忘忧国，不战屈敌百万兵。

王振远

卜算子·学雷锋

谁道一生痴，乐与人方便。似火情怀热九州，身影寻常见。　战士几时回，难忘春风面。留得精神万口传，有限成无限。

王致新

鸭绿江断桥

立地擎天身半横，风吹浪打骨铮铮。
曾披弹雨运兵将，更挺脊梁抗虎鲸。
累累伤痕仇未了，桩桩忧患又频生。
悠悠岁月恨无限，永峙江心作警钟。

小兵李牧

五短身材三八枪，年方十四着戎装。
腰缠肩负不言重，快步流星上战场。

王铁军

再谒雷锋纪念馆

典雅庄严馆舍精，无私大爱忆英雄。
未逢战斗惊天地，尽有真诚感众生。
德品超凡英烈榜，言行质朴楷模风。
名传中外垂千古，业召炎黄世代承。

王笑竺

戍边行

矢志服兵役，铮铮戍北陲。
朔风鞭塞野，冷月逐云飞。
眼底巡防线，心头树界碑。
边情连国脉，赤胆铸军威。

王海娜（女）

送儿入军校

一

送儿入伍渭河旁，折柳桥边岂断肠。
投进熔炉一块铁，炼成天下最强钢。

二

男儿立志入营房，漫道三年悔断肠。
迷彩重涂烟雨色，背包塞满太阳光。

三

营房近市灞桥前，墙外繁华莫恋看。
寄语吾儿勤习武，军人脚下即边关。

王海涛

西江月·纪念粟裕诞辰一百周年

大地狼烟高卷，敌顽围困重重。奇谋迭出立奇功，搅得山摇地动。　　大智还兼大勇，心装战士工农。仙霞岭上战旗红，尽显将军出众。

王继华

采桑子·瞻仰韶山毛泽东诗词碑林

韶峰山麓碑林地，镌石尊尊，瑰宝奇珍，日月同辉万古存。　　悠然赏析心情悦，睹物思人，诗意怡神，思想光辉铸党魂。

王通路

自 豪

军政半生清白身，舞文弄墨话乾坤。
妻贤助我家声振，子孝由他国事奔。
大好河山诗入化，小康岁月梦归真。
痴迷电脑求孙教，淡定爬坡练脚跟。

老测绘兵

细描东海日腾金，浓抹西原雪落痕。
测北量南心血绘，河山是我掌中纹。

王崇庆

望海潮·登华山

山雄秦晋，名尊西岳，奇峰拔地千寻。玉女罩霞，莲花映月，青崖白谷嶙峋。伸手摘星辰！慕山是仙铸，松有龙鳞，老朽癫狂，选今朝跃上天门。　　登攀岂畏艰辛。任千阶贴壁，一线连云。金锁险关，苍龙峻岭，情豪我自欢欣。无酒也微醺。望黄河似带，青巘如皴。笑问南来喜雨，还去杏花村？

南乡子·临海城怀古

何处淬吴钩？雉堞巍巍枕碧流。恰似龙蟠环大固，欣游，雄镇东南第一楼。　　敌忾众同仇，砌筑金汤有远谋。浴血抗倭驰九捷，悠悠，剑气英名万古留。

王淑梅（女）

渔家傲·写给最可爱的人

铁血丹心筋骨傲，披星戴月安宁保。边塞风霜添岁老，军中号，昂然一曲铿锵啸。　　几度思乡萦梦绕，一轮圆月心中皎。更念双亲身可好，书信到，椿萱勿念依然矫。

王景河

忆全歼黄维兵团

逐鹿中原飞劲旅，阵图巧布制笼栏。
刀光宿邑拔烟障，剑影浍河驱水寒。
众寇一窝惊弩鸟，独轮万辆浪推澜。
隆隆炮吼双堆夜，一曲高歌月正南。

战友偶遇

援朝一别各流星，白发行人隐旧形。
急出高声试探语，风霜未泯旧时情。

王道源

忆下连当兵

峥嵘岁月逝如川，斑鬓重温感万千。
军号声声扬士气，铁轮滚滚战硝烟。
寒冬卧雪深更夜，要塞巡冈冷月天。
更念当年诸战友，今朝何处可安然？

王善同

苏幕遮·写给神仙湾哨兵

上昆仑，霄汉顶，哨卡岿然，不畏寒风厉。雪饰钢枪僵也未？更冷深宵，星烁银河里。　　氧稀稀，唇紫紫，心底知春，行止盈豪气。除夕思乡千万里，电话传来，声是总书记。

王鉴非

忆十八兵团随营学校

莘莘学子气轩昂，战火纷飞进课堂。
不读王朝兴替史，专研劳动变沧桑。
揭穿蒋氏独裁面，明了新华民主纲。
如梦初醒真谛晓，壮怀激烈赴沙场。

王新顶

起义军“军树”

天福擎义帜，军树记峥嵘。
四股洪流壮，千杆战锦红。
根扎胶济土，枝护海山屏。
星火燃华夏，雄师惯纵横。

谒林一山长江滚石墓志铭

长江滚石浪滔天，亿转穷翻始润圆。
横刻英名辉日月，永书业绩慰乡贤。
七旬时起纷争地，九秩身安静谧园。
有幸家山埋烈骨，红旗呵护到千年。

王燕军（女）

沁园春·女兵放歌

半老闲身，时光回放，一起从军。忆东郊农场，插秧割稻；野营拉练，忆苦思今；犹记当年，少男少女，地震同棚不乱心。无檐帽，二八闺蜜小，六九年春！　纯真既往难寻。且歌诵、八一少女神！看如今彼此，芳心未老，孙男外女，续我青春。旧照风华，今生难返，辗转巾帼汉子心。人生路，有军中飒爽，赠与乾坤！

王德宏

衡宝大捷迎国庆

衡宝鏖兵扫敌顽，征程万里凯歌传。
冲锋路上迎国庆，号角声中破隘关。
喜见五星旗帜展，欢呼四水艳阳天。
雄师解放中南地，永保金瓯固若磐。

三十八军血战三所里

英雄儿女赴前线，抗美援朝保家园。挥师迂回三所里，阻敌南逃防北援。二次战役获大胜，麦帅魂飞心胆寒。堪笑美帝王牌旅，坦克大炮弃山川。彭总亲书嘉奖令，万岁军名由此传。

王德虎

柳亚子故里

一弯月影水流长，亭畔廊前潋滟光。
风雅吴江观竹柳，纵横侠气写炎黄。
朗吟断续星辰老，晚渡分明风雨狂。
仗义当挥三尺剑，五车福字映中堂。

元　辉

一剪梅·乡愁

一片乡愁排遣难，梦也魂牵，醒也魂牵。九溪城与武陵源，思绪绵绵，追忆绵绵。　“记住乡愁”忆昔年，电视机前，似返家园。最情深处泪花弹，流脉涓涓，滋我心田。

云　峰

站岗女兵

烈日当头人飒爽，持枪昂首绽红腮。
闻香蝴蝶纷纷舞，飞上眉间吻汗来。

战友重逢

威海分襟四十年，京城一见笑声甜。
海防日夜长相伴，拥抱眸中是昨天。

韦　弦

临江仙·忆渡江战役

夜半冲天千里火，炮声压过涛声。雄师百万似雷霆。敌军营垒破，方见启明星。　　浴血健儿俱老矣！龙腾虎跃曾经。频搔白发激情生。黄昏擂战鼓，把酒问新兵。

韦永忠

登昆仑关

青松翠柏舞秋风，险隘昆仑景象崇。
默默关楼依峻岭，巍巍碑塔刺苍穹。
头颅十万捐国难，浩魄千秋为鬼雄。
遍野杜鹃今犹壮，花开应比血还红。

韦善通

破阵子·自题小像

少小何言壮志，毅然投笔从戎。耿耿眉心英武气，飒飒征衣大漠风。挥鞭驰玉骢。　　解甲将临半纪，情怀依旧相同。历尽沧桑人未老，风雨边关系在胸。能开三石弓。

风入松·边关月

一轮玉镜照边关，浪涌古罗湾。伶仃哨所崖巅上，摘星星、填作枪丸。虎视滔滔碧海，冰魂犹照心丹。　　青春焚却五更寒，月下忆家山。海风万里涛声急，只听得、战鼓频传。身后秦时故里，九州明月同圆。

破阵子·奔袭演练

铁甲扬尘追月，战车蓄锐鏖兵。二百行程军令急，十万貔貅步履轻。梳林鸦不惊。　　水阻前锋强渡，涧悬鸟道飞行。铁脚迈开山后退，骤雨斜来马不停。五更端敌营。

车应龙

怀西藏老战友（竹枝词）

问君何处觅青春?雪山脚下白云深。
至今滔滔雅江水,犹记当年架桥人。

毛文戎

夜行军遇雨

大雨铺天降，小溪沿颈流。
摔跤难数计，山径似浇油。
夜暗终能亮，风来雾不留。
日升相视笑，彼此尽泥猴。

文小平

问　童

何处有雷锋，街头问幼童。
叔叔随处有，笑指路人中。

贺哈军工校友诗社成立

军工一甲子，诗苑绽丁香。
姹紫增文采，芬芳醉宋唐。
咏歌真善美，谱写大华章。
杆杆生花笔，吟旗猎猎扬。

方国礼

渔家傲·夫妻树

悄别家人鹏远举，互留片语公差去。大漠相逢疑有误，睁眼觑，凌云壮志奔罗布。　　喜地欢天飞泪雨，音容笑貌情如故。召唤同来神秘处，榆下晤，将军笑赞“夫妻树”。

渔家傲·雁翎队

碧水清波舟竞渡，白洋淀里挥刀斧。出没苇丛寻智取，旗高举，雁翎名队身如虎。　上下翻飞灵鸭顾，绿荷为我金刚护。大喊一声飞弹雨。歼强虏，水中搏斗倭兵惧。

忆一江山岛登陆战

东南门户隐刀山，孤岛未收心岂甘。
峭壁巉岩蹬踏险，狂风恶浪用兵难。
三军始发惊雷电，万炮齐鸣震海天。
立国安邦须一战，丰碑永铸在人间。

方俊民

卢沟桥深思

皓首苍颜聚故桥，胸中怒火又燃烧。
石狮见证英雄胆，故垒无忘鬼子刀。
虎吼狼嚎犹未绝，国仇民恨几时消？
风云诡谲多变幻，炼得金睛识怪妖。

方培泰

怀张爱萍将军

科技强军第一宗，中华儿女气如虹。
遥闻大漠菇云起，再振长空一箭雄。

方祖岐

破阵子·瞻仰秋收起义遗迹

血雨腥风华夏，秋收起义安源。直上井冈开伟业，星火燎原天地翻。征途记险艰。　八十周年过去，山河再造斑斓。矸石山边寻往迹，再续前人奋斗篇。胸中似火燃。

望远行·贺新中国成立六十周年

风雷激荡，新中国、六秩东天昂立。顾瞻征路，历尽崎岖，探索复兴良策。碧血红旗，招引万千英杰，冲破险关重扼。展宏图、笑看云鹏振翮。　　难得。机遇恰逢盛世，纵远目、众帆纷集。热浪涌潮，壮心化海，华夏唱吟今夕。遥指澄空如洗，嫦娥端整，玉鉴高悬如璧。待月圆佳梦，神州同织。

满江红·忆闯封锁线

奔涌江边，封锁线、夜空残月。沉寂处、蛰雷惊起，暗云撕裂。呼啸敌机迎面吼，长空倾泻千吨铁。烟火漫，英烈舞忠魂，同声咽。　　异国土，情切切。飞热血，鲜花结。看林山原野，土焦灰沸。抗美战场初洗礼，援朝征路争攀越。中华魂，浩气贯云天，勋名烈。

浪淘沙·解放南京六十周年庆

举目望钟山，春又飞还。苍松翠柏护龙盘。玄武湖波齐笑唱：大好河山！　　远影渡江船，电逐雷喧。斑斓岁月化虹悬。六十华年同欢咏：换了人间！

丑运洲

出　海

苍穹吞大海，举目水连天。
舰发洪波涌，龙腾雪浪颠。
笑驱迷眼雾，稳驾顶风船。
利剑征贪腐，长弓近日悬。

邓元资

虞美人·怀阿妈妮

飘飘白发慈颜老，棒槌声声捣。阿妈为我浣征衣，涤尽几多血渍与尘泥。　　终于得把瘟神送，为汝除伤痛。清茶和泪望归程，水复山重难隔此番情。

邓世广

敬谒信国公文天祥祠

万古流芳自不同，昭昭日月照孤忠。
堂堂一表萧曹貌，落落三分魏晋风。
卓尔丹心铭汗简，沛然正气贯长虹。
旧伤如我腰难折，肃立灵前便鞠躬。

重读《杜工部集》

才名已共大江流，浩浩汤汤动九州。
曾向朱门嗟酒肉，未凭彩笔荐王侯。
诗多忧国生多舛，语不惊人死不休。
秋雨秋风千载后，干云气象尚悠悠。

邓传瑶

水调歌头·观荧屏军演漫咏

杲日硝烟蔽，雷动震天陬。纵深百里穿插，风劲卷旌头。钢甲荒原驰履，铁鸟长空振羽，兵气荡寒秋。迷彩汗香透，尘浣赤星鍪。红师壮，蓝旅猛，各风流。鼠标轻点搜索，信息战方遒。顺境当思逆境，盛世毋忘乱世，未雨早绸缪。砥砺新锋颖，来岁更回眸。

邓芳英（女）

荧屏观战

硝烟弥漫荧屏闪，对垒红蓝激战酣。
且看键盘飞剑指，输赢决策信息源。

邓树竹

题威（讯）字第1号臂章

威海初征万马喧，臂章为证记当年。
戎装伴我头飞雪，犹向秋阳振鼓鞭。

八秩漫笔

青春似梦杖朝翁，心史重翻忆雪鸿。
烽火激扬驱虎豹，镰锤指引为工农。
征途坎坷妻濡沫，事业艰辛子继功。
欣趁春风敲韵笔，桑榆喜度夕阳红。

玉永琏

退伍老兵梦

酒酣入睡梦初成，床上高呼杀敌声。
原是梦中同战友，钓鱼岛畔逐倭兵。

望远行·地勤

火样青春火样心，缁衣汗渍曙光新。螺丝钉上铆微忱，一丝不苟是情真。　看箭起，听雷奔，机坪仰首坐三人。鹰扬银翼我扬魂，长空长啸曳长云。

石　专

西江月·谒张思德墓

两侧白杨为伴，一丛翠竹苍苍。晶莹石上刻华章，领袖碑文在上。　默默墓前肃立，思潮滚滚如狂。为民服务立邦纲，万代千秋莫忘。

水调歌头·心潮图

莽莽洪流急，渺渺打鱼船。悠悠白浪无际，魂共白鸥旋。试问洋洋之水，亘古潮升潮落，沧海几桑田？心在涛头上，放眼水连天。　崩雪堕，腾云起，巨涡翻。胸涛奔涌喷薄，朗朗笑声喧。蹈海英雄安在？唤起长风万里，浩荡碧波间。骑星回观海，湛湛一珠蓝。

石理俊

踏莎行·母亲做的鞋

拽线恩长，走针情切。针针线线娘心血。童年走过走青春，教儿走出人生值。　心印痕深，鞋闻声咽。春秋八八音容没。初征别母那霜晨，寒灯倚户镰刀月。

大江东去·国庆忆从军六十周年

青春过翼，看长川澎湃，雪泥鸿迹。大地惊雷天翻覆，慷慨从戎提笔。吮石淘沙，传薪解惑，倾十年心血。蓝天魂系，当时银燕能识。　自信正道沧桑，红羊劫后，犹剩铜声骨。小月河边歌日夜，祖国母亲情结。华发早生，诗心未老，放眼量风物。太空缥缈，悠游星际宾客。

石德兴

长相思·三江剿匪

为人民，靠人民，几股顽敌被肃清。军民鱼水情。　哥参军，弟参军，父母双双喜送行。红花绕伺村。

卜算子·步枪击落敌直升机

天上美机多，昼夜疯狂闹。炸弹随时丢下来，地动山河爆。　班副姜昌云，枪口朝天叫。一架敌机掉下山，战友齐欢跳！

卢一通

忆汽车五十团援老

奉命出国担重任，运输筑路老挝援。
飞贼侵扰并肩战，土匪偷袭协力歼。
越岭过桥行夜道，跋山涉水讲安全。
十年奋斗艰辛甚，情注邻邦奏凯还！

卢白木

汶川地震悲怆吟二首

地塌房倾已自伤，手机留语再端详。
存身且作千斤顶，但使爱儿入梦乡。

移身顿感幼儿温，梦醒惊呼岂忍闻。
人世如今皆友爱，何愁无处觅娘亲。

除　夕

举国无眠不夜天，天公作美润山川。
江南雨霁红梅赞，塞北冰凝白雪篇。
寰宇声声闻霹雳，神州处处庆团圆。
开怀我亦放花炮，童趣重回又少年。

卢启明

鹧鸪天·月色下的军营

弯月幽幽挂柳营，微风断续送鼾鸣。兵楼巡哨刀光闪，隐去军歌拼杀声。　　山上隐，谷中行，几声布谷落寒星。胸怀强国强军梦，戎马青春心自荣。

卢竞芳（女）

金缕曲·空军某师塔台看飞行训练

更上层楼去。正清秋、流云西卷，战旗飞举。铁笛一声冲云起，万里长空鹏翥。霞影送、登临意绪。倚剑蓝天书华彩，续英雄连队英雄谱。流韵远，漫山渚。　　心潮澎湃催金鼓。忆当年、雏鹰展翅，浩歌起舞。半岛雄风惊沧海，气壮虹霓吞吐。但笑问、王牌何诩？熠熠军魂悬华绶，且开来继往今和古。歌未尽，寄金缕。

卢象贤

题远望三号船

一方国土浮波上，无数星辰入彀中。
能助英雄抬望眼，铮铮铁骨破长风。

田　沐

出　征

当年拒敌保边疆，热血雄心斗志昂。
枕戈夜戍长城外，跃马晨巡故道旁。
晓风残月披朝露，夜雪寒霜送晚凉。
领土主权谁捍卫，匹夫有责问兴亡。

田　征

仰石河子广场军垦第一犁

策马西征云路移，天山脚下赋艰危。
雄师报捷鞍犹在，再掌边陲第一犁。

田旭辉

鹧鸪天·边塞行

索句边疆意欲狂，求知人世性乖张。常经沙暴情尤烈，总领梅寒味更香。　风凛凛，雪茫茫，迈前一步一踉跄。谁言北漠无奇景？最是斜阳照大荒。

叶家林

怀故乡

金风送爽夜初凉，淡淡月华临晓窗。
梦里故乡粱稻熟，醒来衾枕尚留香。

叶惠忠

临江仙·战友聚会

回望人生难聚首，今朝有幸团圆。东西南北总相牵。浩歌飞碧月，心语落棋盘。　忆想当年长岁月，枕戈荒野风餐。同袍忘我斗艰难。青春甘奉献，华发亦陶然。

叶晓山

咏西山红叶

我道秋风是画翁，浓涂淡抹夺天工。
霜晨一笔成佳作，尽染西山满岭红。

浣溪沙·夜巡

枪挑月光路向西，云山策马笑天低。淡忘他日是归期。　　为了边陲宁静日，任凭风压雪相欺！但闻远寨晓鸡啼。

史　乃

咏共产党员先进性

对党忠心赤胆投，无私奉献别无求。
披鞍愿作征途马，负轭甘为孺子牛。
草料不挑粗与细，功劳岂计尾和头。
而今解甲人垂老，余热生辉为国筹。

诉衷情·读《粟裕传》

鸿篇巨著万年珍，谋略妙如神。挥师战，频传捷。领袖赞奇勋。　　功赫赫，绩巍巍，写三春。英风浩气，恭读传文，倾国铭心。

史进前

题　画

傲雪寒梅花烂漫，凌霜竹气碧玲珑。
青松挺拔峰巅立，菡萏怡涟别样红。

病中吟

一

百战归来伤病残，拼将热血为元元。
征程回首心无怍，北斗高悬老益坚。

二

病床反侧梦难成，往事回眸热血腾。
百战沙场曾九死，一身赤胆幸余生。
如磐风雨松犹劲，彻骨冰霜梅更馨。
壮志未酬心未已，夕阳似火奋躬耕。

史俊良

珙桐移植宝岛

珙桐珍树绿油油，渡海居台夙愿酬。
吐艳含芳荣两岸，同根同种壮神州。

史祥彬

卜算子·军邮车阿里行

风雪阻春光，沙暴迎来客。阿里高寒缺氧区，草木无颜色。　何物润心田？家信思如渴。万里飞鸿到柳营，边卡腾欢乐。

史敦才

水调歌头·西柏坡

清澈滹沱水，静谧柏坡村。迎来旷世英杰，挥手布阳春。筹划进京赶考，建立共和新政，一举定乾坤。唤得睡狮醒，华夏庆翻身。　夺辽沈，战淮海，取平津。雄师百万，整装待发大江滨。堪叹南京老蒋，面对残山剩水，昼夜急如焚。逃遁仓皇别，无计慰惊魂。

白云腾

临江仙·歼15舰载机起降试飞成功

海上艨艟巨堡，空中霹雳雄鹰，舰机合璧鼓雷霆。水师添羽翼，壮士志恢宏。　宝剑百年磨砺，狂飙万里纵横。笑谈鬼魅闹华庭。鲸鲵休掀浪，定海有神兵。

白受素

菩萨蛮·英雄罗阳

茫茫大海波涛卷，战鹰起降辽宁舰。利刃刺苍穹，浩然中国风。　铁肩担重任，冲破牢笼阵。全国敬英贤，捐身碧血丹。

白凌云

念奴娇·石头城下感愤

黑云冬雨，恃霜风，漫卷金陵凄切。断壁残垣，悲不语，卅万瞬息残灭。白骨磷光，冤魂无数，梦里屠城血。中华从此，百年愧恨难歇。　　列岛又起阴霾，且看安倍，附美成新孽。甲午硝烟犹未散，战报频飞如雪。抖擞戎装，请缨劲旅，仗剑从头越。碑铭千古，怒涛拍岸凝噎。

卜算子·太行抗日纪念碑

绝壁立森严，叠嶂苍岩雪。百万青山百万兵，将士同宵猎。　　巍耸记春秋，号破平型月。不破日倭誓不还，到死心如铁。

乐时鸣

满江红·海上观武

气爽天高，正好是、演兵时节。胶州外，汪洋一片，艨艟四集。轻骑踏波鱼鳖遁，巨鲸入海龙王栗。看雄鹰，振翅掠长空，风雷掣。　　火箭射，炸弹裂；机炮猛，鱼雷疾。庆“成都”奋勇，远程中的。霹雳响时银柱涌，烟云开处飞舟急。弄潮儿，东海筑长城，坚如铁。

东风第一枝·纪念毛主席诞辰一百周年

开辟鸿蒙，扫除魑魅，阳光催得春晓。韶山幽蛰蛟龙，井冈燎原大道。长征拯险，漫吟出，千秋佳报。耸楼上，石破天惊，布告神州新造。　　雄韬略，三山推倒；丰马列，五洲先导。扬眉咏雪风骚，挥椽泼云行草。才华功业，数今古，谁能相较。庆百岁，举国同心，“风景这边独好”。

临江仙·颂长征

遵义城头升旭日，延安宝塔生辉。金沙赤水创神奇。雪山天际越，草上大军飞。　　滚滚铁流流万里，铸成世纪丰碑。精神骨气谱长诗。地球红一线，化作五星旗。

浪淘沙·远望楼

十月正清秋，红叶增稠。京华风物有名楼。山海飞来开画轴，天地悠悠。　　盛会聚风流，旧侣新俦。铁板铜琶说从头。为铸雄魂齐努力，爝火穷蒐。

兰书臣

国　旗

一抹红霞曙色重，五星照耀大旗明。
潮生彭蠡刀枪举，雾满罗霄竹木争。
经纬终成星火梦，飘扬总吐燎原情。
国盈笑貌春风展，乐奏辉煌有凤笙。

悼萧克将军

战罢疆场起豪思，旌旗鼓角尽成诗。
排云一鹤乘归日，恰是西山叶坠时。

冯又松

杨家岭上怀念毛主席

跃马扬旌万里尘，延河水畔土窑亲。
沉沉长夜油灯亮，闪闪红星主义真。
梦里情怀光九鼎，毫端剑气压千军。
江山指点英雄概，一展风流变古今。

纪念鲁迅

硬骨风姿华夏魂，千秋不变是人心。
三闲集外语丝叟，且介亭边呐喊人。
著作精严存万代，遗言沉痛醒来昆。
尤思痛打落水狗，革命精神谁与伦。

冯卫平

忆鏖战中原兼怀粟裕

铁军擂战鼓，华野大旗红。
虎帐筹全局，龙韬现亚东。
进言凭赤胆，问计感英风。
逐鹿中原策，斯人建伟功。

老兵八一感怀

八一枪声破黑云，人民子弟庆生辰。
斧镰旗举秋收日，箕斗星辉闽水春。
军是长城功卓著，兵为基石品忠贞。
冲锋号角时盈耳，弹洞戎装不染尘。

冯祖息（女）

国庆六十周年忆故人

当年受命任交通，屡送青年在仲冬。
熙攘码头监视紧，风波江上巡逻凶。
全凭智勇过天堑，呵护精英见日红。
往事回眸难割舍，天分地隔两心同。

冯恩利

黑龙江战友窦安国来访感赋

望断关山塞北云，今朝拥握泪花噙。
鬓霜眼角时光印，情海肝肠兄弟心。
携手寒冰擎亮剑，并肩酷日铸铁身。
三十二载一杯酒，香漫人间处处春。

冯富贵

夕阳放歌

解甲离鞍志未消，夕阳如火照天烧。
挥毫泼墨龙蛇走，曼舞轻歌棍剑操。
常访诗朋敲韵律，每邀旧雨叙知交。
梦中偶得惊人句，嘹亮军歌响九霄。

冯新昌

登喜峰口

荷残菊放两由之，独向沙场觅小诗。
铁血英魂何处在，岭头枫叶正红时。

临江仙·平型关抒怀

百战雄师罗网设，红旗漫卷胡沙。军魂壮得国魂赊。九州齐奋起，歼寇乱如麻。　　又见妖云迷靖社，雄心飞度天涯。高烧犀角照魔衙。东瀛歌薤露，断送那樱花。

吉　云

杰出院士袁隆平

栽培水稻世称王，质朴浑如田舍郎。
试验田中抒壮志，科研会上献华章。
情牵祖国防饥饿，心念环球广积粮。
老耄年华犹奋发，千秋功业永流芳。

吉士俊

塞外雄风

千里炙云戈壁天，三军汗溢月牙泉。
顶风齐舞屠龙剑，捷报频传报国安。

邢绍卿

访豫西抗日军政干校旧址①

校址翟祠杨柳新，双碑矗立刻雄文。
中州十县群英聚，学子三千九域闻。
蟠岭旌旗遮日月，红缨坞畔起风云。
堪夸首长真胜教②，桃李飘香锦绣春。

注：① 豫西抗日独立支队军政干校于1944年在河南省巩义市涉村镇浅井村成立。② 皮定均时任校长，讲游击战；政委徐子荣讲“民运”及政治工作。

海军女子两栖侦察队

英姿飒爽好年华，不让须眉战海涯。
斩浪劈风怀绝技，降龙伏虎霸王花。

吕文芳

诗　痴

起承转合蕴珠玑，老朽孜孜竟忘疲。
选韵犹如鸡啄米，组词好比燕衔泥。
文思未启频搔首，灵感忽生终破题。
仄仄平平刚捋顺，小窗日影已斜西。

吕世昇

老战士演唱《黄河大合唱》有感

一曲黄河世代音，阳春白雪沁人魂。
抗倭烽火雷霆怒，兴国新征鼓角频。
耋媪耆翁温旧律，枯藤老树返青春。
小康道上风雷吼，万仞山头鹏翅伸。

观《张经武与西藏解放事业》影集

珍照诠文照汗青，高原山水忆真情。
和平协议金瓯统，稳进方针浊浪平。
荡叛分田人世换，农奴掌印政新行。
小康跨进思贤哲，千古丰碑镌大名。

吕华强

黄钟大吕吟

——欣赏解放军军乐团交响音乐会感怀

黄钟大吕动心弦，曲律催征直向前。
小品精雕情蕴月，鸿篇巨制气吞山。
五声神韵歌华夏，七调妙音赞宇寰。
英武雄姿呈异彩，国威尽展壮军颜。

吕克俭

王震将军赞

百年星耀势横空，云雾飞扬起大风。
倭寇三千悲雁北，貔貅十万扫湘中。
戍边兼作垦边事，报国终成建国功。
不是将军凭赤胆，新疆哪有这般红。

吕连瑞（女）

西江月·忆大庾岭露营二首

横渡追击获胜，继歼进剿急行。豪情满怀踏征程，露宿南疆庾岭。　　皓月银光四射，青蛙戏水齐鸣。山间今现翠千重，繁茂兴荣粤境。

远看林中欢鹊，近观草上飞萤。鼾声和着群蛙应，熟睡梦乡新景。　　晨星曦光催醒，铿锵步快如风。忠诚使命济民生，迎接祖国昌盛。

吕若曾

江城子·晚霞

晚来偏爱满天霞，艳如花，美无瑕。五彩缤纷，酣畅舞罗纱。尽显丰姿怀壮阔，迎夕照，笑暮鸦。　　情深气盛吐光华，暖千家，最堪夸。辉染河山，景色四时佳。万类欢欣昂首唱，同宇宙，共天涯。

吕承钦

空军工程兵之歌

劈岭移山涧壑填，钢筋铁骨筑平川。
一声令下军情急，拔寨挥师又向前。

八一老兵聚会

老兵聚会话当年，头载红星耀大川。
蜀水巴山留足迹，昆池洱海扎营盘。
抡锤挥铲声威壮，劈岭移山步履坚。
莫道工程兵不勇，一腔热血献尧天。

朱一鸣

贺百岁老人入党

红色娘子军女战士王运梅，102岁加入中国共产党。

冰心侠骨木兰军，血洒江湖天地春。
追忆征程多少事，愧无当日诉情真。

金色葵花向日心，军中娘子又逢春。
成真梦想今如愿，不负痴情白发人。

朱大公

浪淘沙·神九飞天

传说数千年，侠女飞天。干戈顷刻化云烟。寂寞嫦娥终不悔，奔月当年。　　谁在问平安，趋步宫前。飞船掠过广寒边。逐梦太空船站吻，春驻人间。

悼中国微波之父林为干院士

先生驾鹤九天昏，顷刻微波顿失魂。
揭示多模震环宇，解开猜想显灵根。
杏坛犹觉恩师在，圣殿长将专论存。
白菊一枝诗一首，无言哽咽悼黉门。

卜算子·柳营枣树

汗雨润沙坡，枣树成方队。仲夏新装覆柳营，六角星花媚。　　秋日泛晴光，丰果压枝坠。红色基因铁血魂，砺我青锋锐。

朱元汇

浪淘沙·缅怀叶挺烈士

北伐剑初磨，百战功多。铁军神勇扫群魔。枪响南昌擎火炬，人仰云柯。　　抗日怒挥戈，还我山河！皖南转战起风波。身陷牢笼存正气，垂世《囚歌》。

鹧鸪天·雪山兵花

豆蔻年华远离家，高原雪域战风沙。披云赏月增情趣，踏雪寻梅傲峭崖。　　坚意志，练攀爬，军机命令准传发。才华横溢军营炫，善舞能歌靓彩霞。

朱庆岷

赠吉林省军区天池哨所战友

眉睫挂雪凌，上哨踏冰行。
热血青春志，山高我是峰。

朱贤成

重读抗战家书

一纸家书抵万金，曾经烽火更弥珍。
字传思念透宏愿，句隐安危慰至亲。
举帜驱倭新事记，护民救国旧条陈。
缅怀先辈思圆梦，重读琅琅泪湿巾。

朱秀超

夜行军过桐柏山

夜辞农舍柳林间，百里山梁一宿穿。
报晓鸡声啼不住，衔枚月下万重山。

朱思丞

兵棋推演

排兵布阵寸眸中，千里捷音花信风。
炮火前移敌营外，沙盘遍卷战旗红。

朱厚烘

谒吉安县将军园

一代豪雄荟故园，将星闪闪蔚奇观。
惊天鼓号犹盈耳，揭地风雷尚眼前。
豪气忠魂铭史册，丰功伟绩耀江山。
春城屹立群英像，如炬高高照宇寰。

水调歌头·谒访东固革命老区

扰我梦魂久，今日喜相逢。连呼快觅诗去，到此井冈东。结伴攀岩直上，仄仄平平山径，花美异香浓。崖畔好风细，个个喜由衷。　仰巍塔，献艳花，鞠长躬。一声清啸，英灵快慰笑天宫。知否神州巨变，万里江山如画，君等有勋功。骚客诗思发，笔落气如虹。

站　哨

乱石穿微径，凄风昼夜号。
千秋称绝地，一眼辨纤毫。
劈雪江出鞘，经霜草似刀。
边山前列队，只有步枪高。

砺剑联合军演

檄羽频催细柳营，电波传唤满天星。
誓师旗下枪集会，防护壕前炮点名。
万里硝烟图上起，三维烽火网中生。
尚疑拂晓风声紧，已报班师夜未明。

朱晓华

苏幕遮·望阳关

望阳关，车满路。呼啸飞龙，高唱西征赋。左柳行行迎客舞。绚烂敦煌，四海人关注。　　想千年，征胡虏。大漠沙场，西域通关处。烽火边关擂战鼓。多少英名，史册留千古。

竹　眠

纪念周恩来诞辰110周年

仲春逢华诞，万众忆周公。
早怀报国志，终立盖世功。
心力为党瘁，赤诚系民躬。
高山共仰止，英名贯苍穹。

任　荣

鹧鸪天·板门店谈判[①]

舌剑唇枪亦战场，折冲樽俎岂能忘？边谈边打披肝胆，彭帅“敲糖”有妙方[②]。　　申正义，志坚刚，金城一役敌凄惶。克酋签约燃眉急[③]，纸虎戈穿赤帜昂。

注：① 作者为参与板门店谈判的中朝军队代表之一。②“敲糖”：1952年6月，毛主席称赞彭总提出的不断轮番各个歼灭敌人的方针和部署是“零敲牛皮糖”。③ 克酋，指“联合国军”总司令、美国陆军上将克拉克。

任松林

题泰山奇松

雨雪砺坚贞，傲然风骨存。
死生何所惧，本色是军人。

任治已

江城子·半条床单
送儿参加红军[1]

丧魂失魄蒋军狂，舞刀枪，祸民殃。激怒群情、抗蒋扩红忙。敌后红军更壮大，安百姓，打豺狼。　　大娘送子上战场，破衣裳，怕儿凉。惟一床单、带去挡风霜。子怕娘寒偏不要，裁各半，暖心肠。

注：① 1935年初，平江县黄金洞易丙凤大娘将自己唯一的儿子送去参加红军。

参加编辑《鏖战泉城》有感

八方诗稿汇千篇，追述当年克济南。
再显烽烟笼古邑，又听勇士破坚关。
暮庚回首豪情在，盛世铺笺誉史诠。
六秩同歌鏖战日，惊天故事永流传。

任昭魁

蝶恋花·余热

换下戎装情照旧，牙椅台前，忙碌银丝叟。四十余年难讲久，万千人次经余手。　　新技新知时刻有，阅览文章，电脑常为友。还请东风捎话走，吾心牵挂诸君寿。

任海泉

难忘香会[1]

赤道无冬夏，狮城有热凉。
一坛盛四海，六甲锁三洋。
力大休凌弱，形单莫畏强。
笑谈时代变，围堵少良方。

注：① 2012年6月1日至3日，率团赴新加坡，出席了第十一届香格里拉对话会，同各国防务部门和军方领导人进行了多边交流与双边会谈，并接受了境内外媒体的采访，结束时吟成此诗，以纪念这次难忘的外交活动。

重读《难忘香会》

2013年4月1日，见诗友们唱和拙作《难忘香会》，引起我重读此诗，又有了新的感想。

重温香会句，豪气满胸膛。
南海飞鱼横，东瀛赖犬狂。
人慈非骨软，国善是心强。
勿忘当年耻，安天有胜方。

寄语战区

2016年2月1日，中央军委召开战区成立大会，看到习近平主席授旗给五大战区主官，期待之情难以言表。

东南西北中，五鼎柱华空。
重走长征路，专研主战功。
两洋军势迫，半岛爆声隆。
不铸缺云剑，谈何称俊雄？

怀念贾若瑜社长

2016年8月14日，惊悉102岁的开国将军、解放军红叶诗社贾若瑜社长于昨日仙逝，匆忙作诗一首，聊表怀念之情。

昨夜苍穹又陨星，流光溢彩耀心灵。
风云际会功勋巨，文武融通德艺馨。
百岁担纲枫叶赤，一生栽树柳营青。
今逢火炬传吾辈，策马扬鞭不敢停。

“九三”阅兵

2015年9月3日上午，晴空万里，日月同辉。在天安门城楼观礼台上目睹习近平主席检阅三军部队，心情无比激动，赋诗一首，以作留念。

胜日阅兵开帅帏，朝阳旭月竞同辉。
群山肃立回声远，排浪齐移挟势归。
长箭锋昂书正义，雄师将领振军威。
毛公邓老在天慰，风顺人和好起飞。

华　珍

沁园春·戍边歌

翻越峰峦，涉过河川，守护国门。历骄阳冰雪，炼成铁骨；风刀雨箭，铸就军魂。卫戍关山，巡逻崖壑，使命肩扛信念真。遇晴日，眺丝绸古道，隐隐田村。　边陲旷野无垠。但万水千山总是亲。见幽幽冷月，秋飘落叶；沉沉好梦，夜枕泉音。界外藏狼，胸中凝志，自爱钢枪常在身。夕阳下，伴新兵上岗，撵雾追云。

沁园春・六盘山

昂立西凉，玉籁天鸣，岫岭万重。看云腾雾演，啼歌翠鸟；峦叠烟隐，伴舞乌龙。银汉风清，太虚寥寂，如血晚霞戏彩虹。松涛浩，似千军涌动，势态恢宏。　今朝每叹峥嵘。忆领袖长征唱大风。记天高云淡，一山峰火；浪高涛险，万弩神弓。劲舞锤镰，痛除乱草，奋力越过六盘峰。俱往矣，赞时贤一代，扫尽害虫。

向英蒲

参观延安革命纪念馆

浩荡风雷一馆藏，长征到此辟新章。
抗倭先破平型敌，打蒋智歼胡匪帮。
虎旅英雄经百战，边区赤子垦千荒。
狂飙席卷冲天秽，青史留名万古扬。

纪念杜甫诞辰1300周年

仰天俯地欲何求，落拓当年宦海游。
风气难淳空泣血，穷途无计老归舟。
情多枵腹偿吟债，世薄仁心报国忧。
诗道尊荣传法乳，一支神笔重千秋。

向道谷

沁园春・新征路上

祖国新貌，万里春光，起凤腾蛟。看西北开发，穷乡变富；长征路上，花树香飘。西气东输，南水北调，好个风光无比娇。放眼望，雪山草地，春意妖娆。　寰球各处滔滔，更电闪雷鸣战火烧。惟神州热土，尧天舜日；民安国泰，雨顺风调。独领风骚，和平崛起，看我中华风格高。纵远目，航船引领，勇踏风涛。

伊　鄂

沁园春·纪念抗日战争胜利70周年

七秩春秋，惊回皓首，义愤难收。忆沦亡岁月，“三光”强掠，生灵涂炭，国破堪忧。奋起军民，舍生忘死，还血还牙誓报仇。坚持久，待荡平日寇，重整金瓯。　　红旗引领神州，睡狮醒宏图兴正稠。喜国家兴盛，“嫦娥”探月，“蛟龙”入海，“辽舰”遨游。东鳄掀波，孽鲸吐雾，妄想兴风起恶谋。休得逞，有中华正在，搏浪潮头。

庄开榕

鹧鸪天·师赞

流水高山入管弦，飞鸿屡见锦书传。改批习作增新意，导出迷津感悟言。　　君辛苦，我甘甜，无私奉献晚晴天。为人师表君心热，桃李花繁日日妍。

齐中彦

淮海战场

徐州古堡乱成团，逃命顽军竞争先。
六十万人如鸟兽，红旗猎猎指江南。

刘　英

沁园春·观潮

浩渺烟波，萧肃霜天，一线远横。渐蛟龙造势，千重浪涌，鲲鹏助阵，十里寒生。雪沫高堆，雷声急滚，群岛将沉山欲倾。魂飞矣，纵平生无惧，今日当惊。　　峰头直抵高城，鼓已震、焉能负此行？料争名夺利，人心待洗；藏污纳垢，世尘当清。狂卷东西，怒冲天地，留得些些我濯缨。重回首，喜水光滟滟，月色盈盈。

刘　亮

歼-10赞

风驰电掣闪寒光，亮剑长空浩气扬。
廿载砺磨多绝技，三轮先制倍辉煌[①]。
饿狼啮齿诋威胁，桀犬抱头充酒狂。
小试牛刀锋锐见，阿谁寻衅可掂量！

注：① 三轮先制，指“先敌发现，先敌锁定，先敌开火”。

刘　斌

宿　营

烈烈西风树大旗，莽原吞尽日霏微。
野营伴梦初生月，一抹银钩照绿衣。

夜半轮岗

素娥移宅雪当中，万里冰光不过鸿。
夜半人归梅影淡，一旗风角拂天红。

刘凡柱

〔越调〕天净沙·新兵集训

晨星军号铿锵，山摇地动威扬。跃龙腾山岗。朝阳初上，厉兵秣马锋芒。

刘长江

登泰山

拔地擎天一径通，六旬体健竞攀登。
身披月色朦胧意，脚踏天风缱绻情。
始信人生三万日，敢凌泰岱数千峰。
玉皇顶上雄鸡唱，沧海茫茫旭日升。

刘义成

临江仙·粉碎蒋介石对山东的重点进攻

风展红旗催战马，军中都是英雄。敌军设障万千重。摧坚如破竹，陷阵阵消融。　　灵动待机歼劲敌，打援围点降龙。精兵良将气如虹。蒋军终败北，华野建奇功。

刘文侠

雪夜哨兵

万里风云尽入怀，军刀闪闪月光裁。
江山画在哨窗里，白雪青松照眼来。

戍边抒怀

携笔豪情入柳营，硝烟战火淬刀锋。
钢枪岂有双休日，雄视边关虎气生。

赠战友

调令如山辞北疆，滔滔松水意深长。
出征铁骥鞍同跨，挥剑军营汗共香。
明月知音杯放胆，清风雅韵笔生狂。
身居两地心相系，笑唱他乡胜故乡。

刘友竹

水调歌头·壮哉中国航母

中国建航母，切盼已多年。而今传出佳讯，美梦一时圆。一座钢城屹立，海上机场浮动，甲板好长宽。导弹尽昂首，银燕欲飞天。　　国力盛，防务急，要争先。周遭狐鼠窥伺，亮剑莫迟延。更有东南诸岛，领土何堪蚕食，一一待收还。试看蛟龙出，疆海保平安！

刘世庆

悼战友

火舔戎装气贯虹，硝烟翻滚跃蛟龙。
短兵相接同归尽，焦土而今遍地松。

炒　面

戎机万里紧加鞭，辘辘饥肠刺骨寒。
炒面美餐干就雪，充饥解渴志弥坚。

刘世恩

诉衷情·基地抒怀

当年毕业到芦芽，热血绽心花。崇山峻岭张臂，拥抱学生娃。　　情激荡，踏风沙，展飞霞。此生无憾，豪迈航天，咱也能夸！

野营拉练

热汗融飞雪，宽胸暖冷风。
野炊餐未毕，号响又登程。

站　岗

头顶满天星，身披夜半风。
钢枪诚好友，伴我到天明。

紧急集合

夜半惊闻哨，摸黑打背包。
持枪刚入列，跑步向山腰。

竹枝词·军嫂

算来归队刚仨月，感觉犹如半载多。
喜在娇儿成长快，咿呀叫爹听到么？

一封回信百天多，拿起手机不敢拨。
夜夜将心托明月，边陲今夜有月么？

都道边关风雪多，遥思夜夜冷呵呵。
担心最是豺狼狠，枪管不会冻坏么？

刘立良

警　卫

1953年10月，朱德副主席陪同尼赫鲁总理访问广州市，我奉命执行警卫任务。

浅蓝微服暗藏枪，夜雾浓浓锁穗江。
侧耳八方观六路，迎来贵客共飞觞。

刘全喜

满江红·世纪伟人

巍也斯人，论伟烈，古今谁比？昭日月，昆仑苍莽，井冈壮美。立党建军星火灿，翻天覆地云霞绮。展宏图，风雨弗能迷，高歌起。　　书四卷，传精髓。情万缕，人民倚。在天庭圆梦，世间福祉。继往开来鸣雏凤，谋篇布局饶惊喜。云程赶，大旆舞东风，看新纪。

刘光前

鹧鸪天·抒情吐心声

军旅生涯岁月悠，经风历雨雪盈头。戎装虽解情无限，老骥卸鞍志不休。　挥翰墨，写春秋，挑灯敲韵看吴钩。抒情吟唱心花绽，满目青山一望收。

刘庆霖

军营抒怀

十年望月满还亏，看落梅花听子规。
磨快宝刀悬北斗，男儿为国枕安危！

题张家界天子山

手握金鞭立晚风，一声号令动山容。
如今我是石天子，统御湘中百万峰。

退役杂感

从戎万日守边庭，解甲百天思故营。
梦里集合惊坐起，一抓军帽泪忽倾。

高原军人

一

高原营帐触天襟，耕月犁云亦可闻。
夜里查房尤仔细，担心混入外星人。

二

一年三季雪封门，乱石嶙峋难觅春。
风冻鸟声浑不啭，巡逻更上一层云。

三

缭乱行云雪后生，崖间换哨在平明。
军姿冻得嘎巴响，剩有心温未结冰。

刘冲霄

桂枝香·致桓台消防大队官兵

诗篇叹咏。伴翰墨飞扬，礼向谁敬。望橘红希冀处，赤诚忠猛。水龙喷射开虹彩，纵云梯、峻高身影。断垣残壁，浓烟烈火，困危匡拯。　候召唤、随时警醒。俯仰总无愧，天地相证。侠骨柔肠织就，独佳风景。青春铸造英雄胆，迅雷征逐美名盛。此心维护，一方乐土，一方宁静。

刘志峰

记皖南架设长途军线

通信儿郎不怕难，涉潭攀岭笑谈间。
身悬雾涧穿金线，足踏云崖树缆杆。
汗水涔涔军令急，银钳闪闪月光寒。
欢声雷动功成日，笑绽满山红杜鹃。

月下思

战士五湖都是家，身随明月走天涯。
昔怀故里中秋月，今梦军营月下花。

刘声祥

金缕曲·将军学府

今日春光煦。老将军，当年豪气，巍然如虎。驰骋疆场多壮志，历尽严冬酷暑。回首望、刀枪如树。风雨风霜风雪后，会一堂翁妪联翩舞。程门雪，喜而赋。　天时地利中南路。聚群贤，童颜鹤发，热情尤著。碧水蓝天添雅兴，春色盈园关注。敢借问诗家皇甫。晋字唐诗中国画，进将军学府生神悟。谁为我，唱金缕。

刘相法

参加中华军旅诗词研讨会感赋

香山红叶比霞明，雁阵雄风金鼓声。
大野边关思策马，高人雅士聚谈兵。
柳营号角常怀梦，壮志诗词未了情。
文化传承甘效命，要随铁骑更长征。

老班长

有梦常居塞上营，依稀春雪哨楼行。
从征牵手亲兄长，解惑倾情对月明。
顶日操枪同汗雨，听风值夜共潮声。
人间无奈聚还散，影集每翻心浪生。

刘国范

军　嫂

——发生在乙未春节时的故事

将士戍边胆气豪，巡疆马啸入云霄。
天山追月惊魂梦，北国安门砺剑刀。
情迫踏平千里雪，志坚逾越万重涛。
柳营喜奏迎亲曲，我为夫君补战袍。

渔家傲·忆关山

漫卷黄云风冽冽，边陲万里寒天雪。朔漠长烟飞鸟绝。无声月，夜来犹照孤城堞。　　莫道戍烽千嶂叠，披肝沥胆雄关越。剑气冲霄情切切。军旗猎，登临阅尽残阳血。

东高山雷达连

张北高原九月寒，东山叠嶂入云端。
枯藤绕树三千尺，鸟道通天十八旋。
晨露有情滋劲骨，晚风着意拂征衫。
长空利剑旌旗动，烟雨边关枫叶丹。

刘明顺

战马二首

初试金鞍塞上秋，征尘卷地接云头。
此身早许天山外，昂首雄关第几楼。

万里征尘未解鞍，鬐头霜月露凝寒。
奋蹄跃向枪林去，嘶破西风带血还。

刘季和

万里长江第一隧通车有感

喧天锣鼓水扬波，结彩车群江底过。
北岸心欢展眉笑，南区燕舞伴莺歌。
横穿隧道连三镇，立体交通达九河。
鬼斧神工创新迹，何时海峡也穿梭。

刘宝文

军事学院听刘伯承元帅讲话

沥血千秋业，光生百炼金。
谆谆箴武将，耿耿见清心。
台上冰华澈，胸中玉韫深。
贤达成世表，留意惠当今。

退役老兵

久在征旗下，平生恋甲深。
终成黎庶卒，难改老兵心。
葵藿趋朝日，孤鸾念旧音。
梦中军号响，披挂忽翻身。

夜　渡

凌河夜渡频，两岸卷沙尘。
马跃浮天水，车行动地轮。
早开擒虎帐，初发斩鲸人。
一展横飞势，投鞭重万钧。

沉痛悼念史进前社长

军旅文坛陨巨星，讣闻噩耗自心惊。
老年书苑呕心血，红叶骚坛唱正声。
酌句斟词多力作，挥毫泼墨似龙腾。
而今何处听清韵，怅望云天寄悼情。

刘桂元

贺歼十战机研制成功

霹雳声声啸太空，战鹰歼十贯长虹。
“六个第一”环宇最[①]，为防狼虎挽强弓。

注：① “六个第一”为最大的飞行表速、最大升限、最大的过载值、最大迎角、最大瞬时盘角速度、最小飞行速度。

刘修身

诗　趣

戎装脱去砚池端，苦练寒窗旧梦圆。
韵海行舟觅珠玉，辞林摘句品甘甜。
雄心合共苍松老，皓首尤珍夕照妍。
时有灵光出胸臆，吟成呼酒欲翩跹。

刘星魁

鹧鸪天·“嫦娥”绕月赞

测控卫星遨太空，嫦娥喜绕广寒宫。航天技术人称颂，华夏精神举世崇。　　传指令，信息通，炎黄后裔尽英雄。云天高奏东方曲，探月工程建伟功。

刘炳厚

爱秋芳颂红叶

秋芳红叶一家亲，血脉相连共姓军。
同唱和谐征腐恶，并肩携手壮军魂。

鹧鸪天·舵手颂

舵手英明意志坚，乘风破浪导航船。三山倾覆神州乐，四海翻腾百姓欢。　　遵马列，举锤镰。中华一步一重天。扬眉吐气东方立，独领风骚傲世间。

七一抒怀

南湖日出启航船，骇浪惊涛只等闲。
高举红旗遵马列，展开画卷绘尧天。
推山立国千军勇，雪耻兴邦百姓欢。
岁月回眸温党史，儿孙勿忘继先贤。

刘振堂

问红叶

——深切怀念老社长史进前同志

明明天上灿星陈，日月光华曜子衿。
大业安危托慧眼，芸窗活计注精魂。
诗思奔涌亲风雅，翰墨琳琅仰右军。
欲去香山问红叶，扶枝汲水几临深。

壮哉，一九四九

——随四野南征亲履纪实

一九四九，虎跳龙游。三山崩塌，摧枯拉朽。中华河山，重新造就。旭日东升，光耀宇宙。辽沈神威，天呼地吼。马不歇鞍，兵不卸胄。百万大军，渡关走口。北平惊呆，南京挫手。长蛇寸断，敌孤难守。斩头截尾，津张两头。重兵围城，北平俯首。绥远势孤，变敌为友。刚柔有度，嘉谋鸿猷。三种方式，决胜运筹。开国奠基，凯歌高奏。和谈破裂，停止整休。军民万众，敌忾同仇。军进全国，扫荡群丑。打过长江，誓歼残寇。革命到底，破浪飞舟。中南半壁，另写春秋。白小诸葛，困兽犹斗。狡滑战术，像个泥鳅。避战拒和，飘忽游走。死拖寻机，乘势一口。我常扑空，敌几脱漏。北兵南战，水网河流。暑酷路窄，山高雨骤。疟疾痢疾，神疲心揪。缺粮少药，人困马瘦。前总号令，就地整休。疗伤治病，改善食宿。二中决议，传到下头。建国消息，口传心授。红旗飘飘，斗志赳赳。血书请战，一收再收。兵强马壮，军威抖擞。两翼包抄，猛字当头。牵住鼻子，穷追猛揍。衡宝重创，白匪开溜。湘赣粤桂，撒网布兜。牵住五羊，难逃桂猴。奔袭博白，张淦做囚。老本七军，胆丧魂丢。狼奔豕突，满山圈牛。五个兵团，灭在四周。钦州海外，有泪空流。隔海琼崖，已成困兽。依恃海峡，妄图一斗。“伯陵防线”，固设恒久。陆海空防，叫嚣纷纠。宜将剩勇，再试吴钩。海练三月，虎变龙游。木船机帆，风驰雨骤。巧布机关，多股渗透。琼崖纵队，接援补漏。主力强渡，势如蛟虬。黄竹决战，敌溃弃守。扫荡全岛，残敌请投。乘机逃遁，薛岳蒙羞。三亚俘舰，白旗滩头。万众欢呼，声震海陬。江山一统，水秀山幽。遥望北京，举杯祝酒。南天柱石，后顾无忧。岁月沧桑，往事悠悠。金戈铁马，国恨家仇。相逢一笑，尽付东流。苍颜白发，椅轮杖鸠。并肩战友，几个存留？烈士入梦，举酒相酬。民族复兴，老兵何求？愿人长久，愿国加油！

刘益澄（女）

浪淘沙·纪念刘少奇同志诞辰110周年

星火炫安源，乱世奇传。元勋创业历辛艰。修养谆谆明大义，典范鸿篇。　　雪压苦春寒，历难蒙冤。春风一夜扫尘烟，一片丹心昭日月，酹酒花坛。

题画“钢铁长城”

漫卷红旗举世歌，长城蜿转势巍峨。
狼烟已扫妖氛靖，丽日高悬笑语多。
一代雄风光禹甸，三军威武壮山河。
枕戈不唱太平曲，豪气冲霄卫共和。

江城子·怀老伴刘振华

振华仙逝泪潸然，细思前，总投缘。以沫相濡，遗爱尚流连。试向枕边催入梦，聆细语，未成眠。　　至亲战友两心牵，湛江月，燕京圆。巴蜀情怀，携手誓年年。何日重圆完夙愿，双彩蝶，两诗仙。

刘敬娟

咏　枫

丹心片片馈人间，每与霜娥共比肩。
身处林园犹妩媚，根扎旷野更安闲。
捻霞为线织千叶，磨日成汁绘万山。
锦绣前程莫嫌晚，一生壮丽在秋天。

刘慎恩

满江红·重回靶场

警备摇篮，育人处、三年巨变。抬望眼、长城耀日，依山巍宛。现代靶场平谷起，强军科技楼中演。拟沙场，旌旆舞红蓝，为实战。　曾记否？时未远，场既陋，营犹简。尽余身薄力，青山留挽。来者偏能铺锦绣，故人今喜看花艳。后生畏，更有志凌云，鹏图展。

刘德林

悼念解放军红叶诗社老社长贾若瑜将军

风染香山红叶殷，晚霞余照挽将军。
长征陕北追星斗，转战胶东镇鬼魂。
来路初心终不改，出怀正气是非分。
百年无愧名成玉，乘鹤长空化彩云。

为北海舰队第19批赴亚丁湾护航编队直升机组壮行

随帆远去隔重洋，涉水深蓝砺剑芒。
沧海横波时起伏，云空振翅任翱翔。
持弓放胆精神壮，慑盗维航正义彰。
漫漫征途凭舰展，雄鹰不负翼刚强。

刘耀华

咏灯（三首）

长征路上马蹄灯，照亮前途方向明。
突破重围情自奋，吟诗马背壮军行。

延安窑洞点油灯，光透窗棂混沌清。
指出救亡驱寇路，全民抗日大功成。

柏坡村里五更灯，领袖图前谋用兵。
决策神奇操胜券，春风浩荡入京城。

亦　凡

念奴娇·读习近平同志《念奴娇》词有感

沧桑半世，慨神州，几度星移物换。折桂拿云新万象，犹忆英雄肝胆，心系苍生，情怀热土，尽瘁“移山”愿。百丈丰碑，千秋长仰风范。　　哪堪物欲横流！多少贪官，沉醉琼楼宴！岂忍江山春易色？奋舞除妖长剑。怒刹奢风，力驱霾雾，还我春光艳。复兴伟业，莫忘常照冰鉴。

闫云霞

水调歌头·一带一路歌

一带跨欧亚，一路下西洋。波斯湾里结友，丝路接天长。难忘金驼来去，世代中阿牵手，曾是好邻邦。再造郑和舰，四海任徜徉。　　史可鉴，民互利，国相帮。和平发展，廿一新纪奋图强。大略宏图欲展，如梦如虹气象，福祚更无疆。勠力扬帆劲，愿景正辉煌。

江　涛（成都）

边关情

身倚珠峰四望奇，骋怀千里白云低。
抬头似与天为伍，喜得金星缀满衣。

忆高原夜行军

驰空千里寂，萧瑟夜风长。
铁脚穿秋色，钢盔罩月光。
衣侵荒野露，刀淬昊天霜。
百里衔枚急，长空雁一行。

边塞吟

狂飙怒吼日华暝，大漠边防细柳营。
瀚海寒潮坚战垒，珠峰雪水洗长缨。
枕戈夜伴关山月，饮马晓随驼铎声。
七尺男儿多壮志，红心一瓣见忠诚。

江洪涛

老年节有作

吐尽余丝不老蚕，照人肝胆烛甘燃。
曾经转战三千里，又事屯田几度年。
两袖清风尘不染，一轮明月志弥坚。
意闲心静远缰锁，奋笔诗书数百篇。

汤道深

读《中国核战略探析》酬李力兢将军

捧读芸编喜又惊，霜风炼就血凝成。
筹谋战略匹夫责，牢记兴衰儒将情。
孙膑负才空负志，廉颇能饭且能兵。
琴心剑胆酬家国，留取雄文照汗青。

米锶玮

长相思·乡思

千重山，万重山，怀揣乡思戍藏南。风吹雪岭寒。　　水弯弯，情弯弯，年夜心耽天下安。万家灯火燃。

汤友山

自　吟

历尽征途杂苦甘，又飞红叶到西山。
平生不算冲霄汉，著述谦诚作茧蚕。
略带糊涂非大错，渐消烦恼是微含。
若能添我百年寿，唱遍神州兴尚酣。

菊香诗会聆听刘庆霖老师诗词讲座

重阳好时节，霜叶舞娉婷。
蒙昧驱无迹，思维释有形。
冰心犹剔透，妙语更空灵。
风雅篱边菊，肃然倾耳听。

农京早

致金鸡山哨所战友

万里西风一剑寒，挥师险壑踞雄关。
冰封铁甲滋重露，雾漫营盘卷冻幡。
走砾飞沙泥里宿，披星戴月雨中餐。
但求报国从无惧，笑付华年乱石滩。

闻守边官兵情事

辗转天涯总负卿，惘然追忆憾难倾。
此身夜夜魂何在？万里家山照月明。

许文祥

一剪梅·马河红叶

红叶翻腾火欲燃，不是香山，胜似香山。怎堪秋色岭孤寒，朱笔浓沾，墨笔轻沾。　　天下枫香魂梦牵，你也流连，我也流连。谁兴此物作诗笺？圆了情缘，醉了人间。

许心基

忆从军

红花一朵胸前戴，锣鼓喧天梦寐留。
噙泪老娘千嘱咐，铁心跟党莫回头。

许连生

跟徐向前元帅打临汾

翼城泉水蒸，晨雾柳丝青。
将士风尘洗，临汾大战迎。

将士翼城会，军情传帐中。
各纵齐请命，立志夺头功。

中央来贺电，将士尽开颜。
赫赫临汾旅，功垂军史篇。

踏莎行·机要战友喜相逢

歌舞轻盈，举杯同乐，重逢战友欢如昨。良宵一曲寄情深，悠悠岁月难忘却。　别后萦怀，离时失落，魂牵机要筹谋略。当空皓月照征程，请缨终把苍龙缚。

西沙群岛哨兵

红旗绿树舞西沙，海岛晨光吐紫霞。
碧水粼粼飞白鹭，哨兵威武守天涯。

许宗明

山地行军

攀山越岭逞英豪，战友帮扶不惮劳。
橄榄绿中飘赤帜，群峰骤长一人高。

满庭芳·核弹试验落区抒情

烟碛茫茫，唤醒万籁，骆驼撒野争奔。狼嗥狐啸，莺啭艳阳晨。唧唧虫鸣悦耳，雄鹰傲，苍昊飞巡。垂沙枣，胡杨金灿，红柳聚成墩。　中枢颁号令，驱车荒漠，绿衣军人。赤心唯报国，党是军魂。席地帷天何惧，花漫洒，雷响声振。群英跃，千秋永续，传两弹精神。

许临宁（女）

诉衷情·惊浪飞花

起锚舰发映红霞，碧海铸风华。劈波斩浪穿越，涛雳雾披纱。　云浩荡，蔚蓝遐，满天涯。驰骋风雨，呼啸沧澜，惊浪飞花。

孙万昌

扶贫赞

中国扶贫特色新,十年脱困亿多人。
真情友爱同牵手,慷慨捐银献善心。
科技兴农栽富树,省区对口拔穷根。
荒岑也变金山岭,瘠寨竟成花果村。

特殊党费特殊歌

汶川泪眼看痍坡,镰斧旗飘勇士多。
震祸无情人有爱,特殊党费特殊歌。

孙双平

临江仙·哨所

哨所半遮云雾里,枪尖挑出林梢。山犹坐骑练身腰。军灯凭月照,炊饭借霞烧。　　遥望海疆生鬼魅,梦中不忘磨刀。雄心杀敌志凌霄。旌遒何猎猎,风劲更萧萧。

孙有政

周恩来、邓颖超来到幼儿园

小院位河边,红花绽笑颜。
周公和大姐,来到幼儿园。
抱抱娃多重,尝尝饭可鲜。
胸中兵百万,不忘小延安。

江城子·悼念航天泰斗钱学森

归来报国请长缨,破坚冰,践高峰。才学超群、壮志越长空。率领精兵磨利剑,征宇宙,舞东风。　　强军兴国一豪雄,不图名,不居功。坦荡胸怀、唯念续攀登。亮节高风人敬佩,翁逝去,史碑铭。

孙忠凯

清平乐·过湘江感赋

涛声如诉，遥望长征路。雨打芦花归野渡。洒下哀思无数。　　是谁万水千山？为谁梦绕魂牵？一曲沁园春雪，东风劲鼓征帆。

孙继革

巡　逻

朝沐晨晖晚戴霞，钢枪静默鸟声哗。
三年脚下巡逻线，足印叠出一路花。

深夜换哨

倦鸟归巢万物宁，草丛时或闪流萤。
忽传口令一声响，惊醒苍穹无数星。

纪杰尚

七一吟怀

冰雪松江仰马翁，巍巍灯塔照童蒙。
白山争战歼顽匪，南海扶贫送惠风。
兵马入骚词思勇，镰锤敲句意求丰。
醉看崛起神州美，绽放心花飞彩虹。

忆入朝参战

繁碌教坛竟昨宵，壮怀激烈去援朝。
披星戴月车千里，鸭绿江潮逐浪高。

老兵情

松柏苍苍休干村，琴心剑胆未销魂。
诗窗难断沙场月，钓岸常浮改革云。
情系元黎忧乐意，胸怀社稷振兴心。
何当海晏河清日，耄耋同欢醉世吟。

把志先

当　兵

火炽云扬细柳营，一行队列打头兵。
青春正可熬筋骨，日月开蒙识爱憎。
铁纪随身三八律，雄风雷厉万千鹰。
依依棠棣潇潇雨，最是难忘战友情。

严　政

鹧鸪天·金城战役

大雨滂沱破敌营，天兵并辔缚长鲸。四师烟灭儿皇泣，重炮灰飞霸主惊。　新木秀，暮云轻，凯歌捷报满金城。克酋惶恐签名急，停战欢呼喜气腾。

严智泽

过永济登新修鹳雀楼

王郎高咏擅风流，范老宏文孰与俦。
鹳雀今舒千里目，襟怀还许岳阳楼。

满江红·过古玉门关

大漠天风，吹散了、烽烟几缕。雄关静、汉城唐燧，肃然无语。铁马踏干疏勒水，黄沙遮断丝绸路。是何人、旧曲唱阳关，空怀古。　眼前景，易成句，景中情，难为赋。要门开路畅，长须守护。万里山河家国梦，千秋史册英雄谱。好男儿、报国执干戈，强军伍。

严楚湘

军　营

铁铸营盘扼要冲，纵横天网锁长空。
神州川岳荧屏里，世界风云冷眼中。
淬砺吴钩关隘靖，洞穿魔障火烟浓。
一腔热血沃斯地，我为军旗添彩红。

苏文聪

读《剑南诗稿》步梁启超咏陆游

爱听剑南歌大风，金戈铁马欲排空。
几曾见得干戈息?合铸长城学放翁。

都江堰

小离玉垒一楼雄，微启宝瓶三蜀丰。
更令飞沙低作堰，盈枯自控夺天工。

苏玉柱

沁园春·北京APEC

十月金秋，云淡天高，玉宇澄明。望燕山脚下，又添新景，塔身倒影，碧水清清。踏浪扬帆，开天横雁，华夏今朝欲复兴。全民奋，共同圆大梦，盼早功成。　长城内外韶声，引万国嘉宾聚北京。看中华礼乐，水方迎客；巢圆放彩，歌舞传情。银燕缝云，翠湖化雨，区域通联一体赢。齐头进，伴矫松茂盛，愿景长青。

炮兵打靶

万炮齐鸣耳欲聋，远山坡半雾烟腾。
电光道道流星落，敌阵隆隆遭顶轰。
臂举旗挥狂怒吼，铃急捷报满堂红。
硬功全靠勤操练，临战方能掌控赢。

苏伯发

查　岗

更深幽谷寂无风，长径突回问令声。
惊落遥空星一盏，飞来照我远山行。

站　岗

万籁重关夜敛声，举头明月挂苍穹。
界峰似解兵心事，也峙霜天伴日升。

杜　岳

老将军

脱下戎衣若许年，烽烟时起寝难安。
将军鬓上皆成雪，犹把兵书彻夜看。

贺新郎·寄战友

梦绕神驰越，想当年、援朝抗美，并肩情切。夜黑风高人无寐，一盏油灯明灭。三八线、挥戈眦裂。翘首前沿频报捷，电波飞、快译传金阙。手足冷，寸心热。　　而今两地伤离别，念人生、难留岁月，满头霜雪。唯幸残躯身尚健，竟日挥毫不辍。论事业、无须细说。锦绣江山添异彩，看今天、四化开新页。君共我，应相悦。

杜　嘉

永遇乐·读辛弃疾词印象

莽莽苍苍，雄浑气韵，情动千古。震地雷鸣，翻江浪涌，声势惊龙虎。秋风庭上，郁孤台下，慷慨浩歌倾吐。望神州，烟尘滚滚，慨叹济时无路。　　鬓须着雪，吴钩闲挂，空忆廉颇勇武。满目兴亡，萦怀忧患，沉入言深处。带湖幽静，青山妩媚，相对却通情愫。凭栏望，心潮涌向，斜阳远树。

读《百年抗争诗词选萃》

世纪音留韵海间，百年浩气郁苍山。
忧愁风雨暗邦国，恚愤豺狼突故关。
长啸短歌一朝痛，沉音切响九州殚。
诗情不与无情笔，赋出悲欢热泪潸。

杜凤江

秋访边关

雾中哨所雨中连，万载翠峰千载关。
纵有狼烟朝暮起，中华社稷自岿然。

杜汉强（女）

一剪梅·神仙湾哨所

玉树琼枝恋雪山。峭壁飞攀，骁勇危巅。青春似火寸心丹，情系高原，守戍边关。　　胜境神仙湾复湾。雁阵惊寒，战士歌欢。哨楼千仞耸云端，风卷旌旂，国泰民安。

太常引・谒雨花台烈士陵园

龙盘虎踞转乾坤，故地焕青春。碧血育精神。忆往昔、风寒日昏。　雨花含恨，斜阳归燕，脉脉慰忠魂。弦月伴行云。泪蒙眼、心香敬焚。

杜传勇

水调歌头・航母

航母出新港，云起大风扬。深蓝天海无际，点点白鸥翔。脚下波涛汹涌，甲板银鹏虎踞，昂首耀霞光。走你一声令，喷火刺穹苍。　初亮剑，试身手，砺锋芒。神龙游弋，谁串蛛网锁东方。奉劝金雕彼岸，何必牵狼纵犬，虎视太平洋。世纪中华梦，浩气靖蓝疆。

杜连水

西江月・天宫神九手控对接成功

三杰探寻宇宙，天宫对接神舟。中华一代逞风流，欲揽南箕北斗。　桂下嫦娥袖舞，河边织女高讴。吴刚携酒出琼楼，款待家乡俊秀。

李　圭

金婚颂

2010年除夕，国防大学社区居委会举办金婚庆典，前往登记之金婚老人竟达140余对。

人生逢盛世，金婚何其多。结伴五十载，相濡鬓发皤。同舟经风雨，并肩历坎坷。战火煅意志，浩劫验品德。幸喜春天到，开放并改革。发展三十年，富民又强国。毕生同甘苦，共享天伦乐。儿孙皆成才，安居家祥和。莫畏耳不聪，莫惧目微浊。莫笑步蹒跚，莫虑背渐驼。老来谁无病，贵在敢拼搏。苟能保稳定，胜似求仙佛。诗书冶情操，丹青壮山河。心胸常豁达，宽宏更超脱。携手再前进，齐唱钻石歌。

西江月·读左良《行军日记》

一本《行军日记》，珍藏六十余年。风霜雨雪字行间，七十五天不断。　我亦亲身经历，征程似在眼前。青春已逝鬓毛斑，战友如今罕见。

李　欣

平津战役二首

雄师百万入榆关，华北兵团箭在弦。
扼住津张围日下，守军已是釜中餐。

战云压顶鸟惊弓，顽石又敲催命钟。
已破津门无遁路，北平易帜沐春风。

悼刘廷良同志

牛棚茅舍与君识，患难之交心自知。
犹记当年抽水日，声声马达伴唐诗。

李　侠

忆开国大典时正南征

将士南征冒暑行，途中初听国歌声。
激情化作冲天劲，昼夜兼程下穗城。

过大庾岭

晨曦薄雾天，勇士奋当先。
号令山河动，征程铁石坚。
人如虎插翼，马似箭离弦。
战事向南粤，风驰大庾关。

忆渡江之战

人心向背论输赢，天堑怎拦威武兵。
多谢支前船大嫂，红旗插上靠江城。

李　涛

忆边防会战

干战争先谋打赢，边防会战尽精英。
阳光似火三班倒，士气如虹半夜行。
心血凝成金字塔①，青春铸就铁长城。
军营奉献光荣史，无悔人生乐太平。

注：①　“金字塔”指在戈壁大漠人工堆成数座大山作为防御屏障。

李 翔

江阴黄山

江岸逶迤列翠屏，沧桑阅尽古今情。
鉴真楫棹顺流下，倭寇艨艟逆水行。
百万雄师登浪至，千年航道看潮升。
而今旧垒萦衰草，巨厦齐云稻满塍。

谒刘公岛水师忠魂碑

水师杀敌勇争先，巨浪沸腾云欲燃。
忠骨今犹沉碧海，魂碑似剑刺青天。

中国舰队驶向深蓝

铁甲破长风，隐身狂浪中。
笑他三岛链，奈我一蛟龙。
海阔惊雷动，天高剑气冲。
中华有神箭，射向大洋东。

伟大战略家毛泽东

纷纷羽檄出山村，帷幄筹谋赖伟人。
左挈千军关塞外，右驱万马泗淮滨。
敢教强虏丢盔甲，终使故都传捷音。
横渡长江下吴越，金陵梦断九州春。

烈士纪念日人民英雄纪念碑前童音

旌旗低首悼忠魂，肃立红巾捧素馨。
一曲遏云激风雨，我们都是接班人。

李 惠

西江月·北国捷报

北国频传捷报，羽檄麾动雄兵，出征戎马乘秋风，衔令四平急进。　锦义城池攻陷，长春守敌分崩，辽西道上截顽凶，大地欢声雷动。

李一信

鹧鸪天·怀念崔坚老首长[①]

岁月无情人有情，那年耄耋对银觥。铁肩道义承时运，健笔华章唱大风。　追往事，感今生，几回竹影梦成空。幸存翰墨书诗句，留取三花别样红。

注：① 崔坚同志是我二十多年军旅生活时的首长，生前曾为解放军红叶诗社常务副社长、顾问，著有《枣花集》《槐花集》《榴花集》等诗集。

李大明

参观文家市秋收起义纪念馆

老屋高悬第一旗，如烟往事耐寻思。
秋收起义星星火，化作惊天动地诗。

井冈山抒怀

千里井冈大纛红，黄洋界上忆群雄。
西江月调惊寰宇，一曲高歌唱大风。

瞻仰韶山毛泽东纪念馆

怀念堂中几度思，一家六烈古今奇。
为民为国千秋颂，心底丰碑胜似诗。

李太生

赴延安途中

陕北高原万里晴，驱车坡岭沐风清。
花开暖树池中院，鸟唱寒巢崖畔松。
苹果满园堆笑脸，油机一路舞东风。
六旬梦寐还心愿，红色之游践晚行。

李长春

念奴娇·登太行山

太行雄冠，冀鲁豫、独领中原风物。岭上人家云涌翠，绰约层田阡陌。幽谷萧森，遥阶迢递，杜宇声声烈。老来健步，朝霞迎我攀越。　　仰望飞瀑天低，耳盈溪涧响，魂惊深壑。万古灵岩欣造化，幸未骚人挥墨。逐鹿千秋，牧樵留晚唱，小萤明灭。抗倭铁壁，一时多少豪杰。

鹊桥仙·游白洋淀

碧波湛湛，渔帆点点，鹭戏舟飞浪激。穿行十里茂荷香，欲拂那、红花绿荻。　　淀湾曲曲，苇田簇簇，曾护雁翎抗敌。似闻烟浦荡歌声，大刀曲，铭心韵律。

李文朝

营口西炮台

故垒残垣祭炮台，回眸甲午战云哀。
沧桑百载人间换，知耻强边向未来。

嘉峪关怀古

锁钥华西一险关，丝绸之路扼喉咽。
雄楼臂挽黑山顶，要隘城连弱水边。
阵地似闻鸣鼓角，燧台若见起烽烟。
千秋明月今安在，几照征人去又还。

望海潮·呼唤和平

——纪念抗日战争胜利六十周年

夕阳残照，海波如血，心潮逐浪翻腾。回望神州，倭魔入境，一时国破天倾。战祸起东瀛。铁蹄卷席过，血雨腥风。抢掠烧杀，欲吞华夏，甚嚣凶。　　亡国速胜休争。有明灯至理，持久方赢。众志成城，天罗地网，人民伟力无穷。强寇举白旌。覆鉴师今事，警世钟鸣。悲剧安能重演？永久唤和平。

沁园春·国旗颂

与日同升，映染天红，耀目五星。恰春雷震响，睡狮唤醒；朝阳普照，古地新生。横扫污浊，清除积弊，傲立东方寰宇惊。江山固，展乾坤长卷，妙笔丹青。　　旗开霞蔚云蒸。迎风展、千秋伟业兴。历艰辛探索，终成特色；驱霾破雾，奋力前行。凝聚华人，邦交四海，圆梦京宵圣火腾。冲霄汉，看龙飞鹏举，灿烂征程。

抗战胜利大阅兵

震撼东方大阅兵，人民胜利鬼魂惊。
老兵列阵狮威显，少将排头虎气生。
动地铁流彰正义，铺天彩练写文明。
长城已若金汤固，宝剑锋寒佑太平。

李书昌

沁园春·赞歌

六十年前，扭转乾坤，举国尽欢。忆神州境内，赞歌朗朗；大江南北，地覆天翻。百废俱兴，何从何去，信赖深情望眼穿。除四害，正山呼海应，甘露雄篇。　　千秋屈指无前。兴华夏，能为世界先。看国威大振，国门大敞，小康日盛，信念弥坚。代代英贤，重重深改，“三不”精神警万千[①]。红旗艳，盼高扬特色，后继源源。

注：① 指不动摇、不懈怠、不折腾，坚定不移推进改革开放，走中国特色社会主义道路，决不走封闭僵化老路、改旗易帜邪路。

谒李兆麟将军灯塔市故居

一片丹心照汗青，凌烟阁上见英名。
恶狼入室惊狮梦，烈火燎原熠将星。
营地箫吹林海月[①]，靰鞡鞋踏雪原冰。
却遭暗箭驱倭后，黑水白山皆泣声。

注：① 李兆麟善吹箫，著有《露营之歌》。

出　塞

手中擎火炬，照耀少年郎。
思作岳鹏举，胸怀黄继光。
谁评九零后，温室一孤芳。
边塞经风雨，接过前辈枪。

李永成

菩萨蛮·大刀颂

历经七十喜峰口，大刀五百杀倭寇。热血荐长城，英名刻汗青。　　刀由龙骨制，锋乃忠魂砺。今日卫乾坤，江山万象新。

李达川

瞻仰茅山新四军纪念馆

运筹帷幄在茅山，浴血军民斗敌顽。
倭寇疯狂如蚁集，麾兵陈粟巧周旋。

李同振

永远的怀念

——纪念周总理逝世35周年

归去无留一把灰，亿民拇指树丰碑。
古今中外何人比，四海波涛记忆谁？

除　夕

愈是年终愈盛情，团圆最与此宵称。
一台歌舞两年看，两载冬春一夕更。
且喜年轮已蕴木，遥知雁翅渐归程。
明朝更望风光好，午夜钟声兆太平。

胡　杨

傲日陪沙伴夜空，根深干挺叶葱茏。
寒侵锻就顽强性，热炼锤成耐酷功。
联合新军防虐暴，结盟旧友御邪风。
斗荒先恋荒凉地，奉献无私胜劲松。

渔家傲·进军西域

屯垦戍边初拓苦，地窝碱水胡杨树。化剑为犁图新布。红旗举，将军爱国传千古。　　解甲男儿听调度。班排九点银锄舞。维稳兴疆敲战鼓。经寒暑，驼铃响彻辉煌路。

李仲泽

屯垦乐

葡萄架下话桑麻，历历前情大漠沙。
通古斯巴尝野味，大西海子品鱼虾。
铁干里克曾栽树，罗布诺儿学乘槎。
往事如烟萦梦寐，醉听野老奏胡笳。

李后君

忆淮海之战

历城告捷柳营欢，淮海宏图虎帐悬。
四省毗连连续战，两军协力力移山。
中枢一线衢通畅，老蒋长吁马不前。
雾散冰消红日出，雄师百万下江南。

李兆书

振兴沈阳重工业基地

又乘东风鼓锦帆，雄心发展向峰巅。
重工崛起遵民意，百业繁荣改地天。
沈北新区融大市，浑南科技竞争先。
城乡一体成新貌，改革丰功颂百年。

破阵子·昌图县烈士塔扫墓

塞外当年战场，我军震撼人间。赤胆忠心求解放，弹雨枪林勇向前。龙泉斩敌顽。　英烈抛头洒血，人民坐了江山。今日陵前来扫墓，战友花圈祭九泉。胸中千万言。

咏“神枪手四连”

人看功夫枪看威，夺魁立志在人为。
精瞄细琢强弓挽，苦练深研子弹飞。
暑汗如淋随背淌，霜风似剑透胸吹。
全连都是神枪手，赢得殊荣入史碑。

李庆苏

念奴娇·登泰山

岱宗雄峙，凝聚了，百代人间英物。跃上葱茏三万仞，来叩玉皇笏璧。呼吸天风，浑涵造化，肝胆皆冰雪。划然长啸，今朝多少才杰。　攀到观日峰头，金乌腾海出，晨曦初发。驭地行天，经过处，辗动云生霞灭。壮丽人生，等闲休负了，萧疏苍发。良宵欢饮，恰逢三五圆月。

李红云（女）

满庭芳·孟夏练兵

天若桑拿，花开孟夏，操场列阵练兵。腾挪辗转，小将最轻盈。长跑卧撑跳远，谁说老，意气难平。挥挥汗，悄然相顾，掩口笑声声。　无情。叹岁月，悄然逝去，回首心惊。忆警姿飒爽，风骨铮铮。莫恋当年旧影，堪欣慰，辈出精英。不觉苦，长怀一问，父老可安宁？

李财琮

水调歌头·谒南京雨花台烈士陵园

岗上丰碑耸，云外大江流。红岩雕塑群杰，忠烈志难囚。风雨飘摇喋血，恶浪狂澜力挽，何惜少年头。肝胆照天日，碧血谱春秋。　黄河吼，昆仑啸，伟神州。山河翠滴红染，佳境慨吟讴。大海舰船赫赫，天路云端熠熠，指日蟾宫游。高奏和谐曲，十亿搏宏猷。

李怀京

读《红叶》诗集感怀

红红火火廿三年，叶茂根深文苑间。
诗化沸腾军旅事，辑成慷慨大风篇。
老兵昂首歌英杰，新秀抒怀颂伟贤。
集聚吟坛千万众，宜人益国励心丹。

观陆军指挥学院早操

晨曦初露号一鸣，寂静校园龙虎腾。
步履铿锵声霹雳，犹如座座铁长城。

参观装甲兵工程学院院史馆有感

军工名校诞江滨，“两老”兴学路子新。
奉献讲台书历史，累累硕果壮三军。

李启民

江城子·重阳

老夫还似少年郎，启寒窗，上学堂。书画琴棋，习字作文章。笃意从师承教诲，挑灯夜，理应当。　重阳合作六一样，满头霜，喜心狂。耆老八旬，年迈又何妨？会若廉黄诸老将。常梦里，卫国防。

李其煌

雪　花

不以身轻效絮狂，安然着地隐纹章。
消灾岂望称仁举，润物何图赞瑞祥。
片片孤单痴降落，纷纷相聚醉飘扬。
江山万里铺锦绣，清白无瑕日月光。

李佳君

回家二首

——有感于志愿军遗骸归国

久守邻邦怎畏寒，忠魂十万不孤单。
捐躯甘做他乡客，铁骨依然佑国安。

赴远他乡卫国门，尽忠何必恋家村。
而今御剑归桑梓，无愧爹娘养育恩。

赠　别

军营岁岁唱驼铃，一往深情送老兵。
诚劝诸君多努力，神州无处不春风。

李金辉

送别战友

战守攻防一炮高，曾经辽海作同袍。
青台雁断频还顾，乡月关山入梦遥。

夜　练

疾风夜掠西山雪，剑放寒光惊裂缺。
抖落辰星振甲衣，柳营斜挂敖包月。

李炎林

南歌子·桐湖赞

翠柳湖边舞，银鲢浪上翻。桐湖活水写新篇，虾蟹满舱锣鼓乐丰年。　　碧水摇舟影，琼楼隐画帘。渔家儿女醉心田，破浪乘风湖上竞扬帆。

李泽友

登黄鹤楼俯瞰

千秋楼宇任遨游，万里江涛一望收。
桥锁龟蛇通极浦，地分荆楚耸雄州。
云停电塔千城艳，日映晴川百舸流。
最是霜枫情似火，江城九月韵悠悠。

李治亭

重上孟良崮[①]

沂蒙巍巍沂水清，六旬离别魂梦萦。吾今解甲重游此，战场烟云无限情。美械王牌七十四，骄横一世顷刻崩。覆巢危卵孟良崮，敌酋毙命现原形。运筹帷幄掏心术，血雨刀光气贯虹。蒋氏王朝惶恐甚，军民奏凯震魔宫。

注：① 1947年5月孟良崮战役时，作者是华野八纵战地记者。

李建峰

西柏坡

小村坐落太行间，摇曳烛光星月寒。
莫道农家屋院矮，运筹帷幄定江山。

李建章

破阵子·入朝作战足痕

一

朱总亲临相送，乘车直达边城。鸭绿江桥横跨越，直逼汶山鬼子兵。同仇怒满膺。　　突破临津江险，强攻绀岳山峰。重创英军廿九旅，直插洪川江敌营。铁原阻击赢。

二

中线移师西线，开城布阵联营。确保和谈能顺利，敌我前沿寸土争。山川草木腥。　　望海山遭滥炸，长和洞被狂轰。我自从容筹妙计，阵地前推挤敌兵。报刊喜讯登。

李绍山

阅兵感怀

荡荡钟声鸣七秩，山河破碎不堪时。
八方凋敝多伤死，四面哀号尽馑饥。
壮士横戈赴国难，杰英赍志逐熊罴。
今朝阔步长安道，圆梦中华会有期。

崇明岛晚眺

日落天低暝色合，人稀陌上鸟归多。
孤心寄向云生处，云外长风万里波。

李栋恒

浪淘沙

入伍不久一个深夜，我第一次站哨。时连队在盐碱滩执行任务。

缺月挂西天，北斗阑干。碱滩荒坦望无边。万籁更深都睡去，静寂森然。　　星闪刺刀寒，独步回还。安危忽觉压双肩。真正人生由此始，万水千山！

机械化集团军演习

又是苍鹰眼疾时，天公偏爱铁军驰。
荒原万里腾狮影，晴宇千寻奋隼姿。
地裂山崩开火令，灰飞烟灭凯旋诗。
大风忧曲何须唱，我欲高歌砥柱师。

瑞鹤仙

接退休证，夜难寐，披衣记感。

看红皮小本，镌四纪、岁月风云远遁。繁霜染双鬓。脱戎装征甲，从今归隐。军营激韵。已只能、魂寄梦引。率千军万马，驰骋沙场，曲终烟泯。　　忆昔青春奋发。投笔从戎，为国挥刃。神豪气振。心犹在，意难尽。叹虚无建树，功微惭怍，空居高位怕自问。愿余生热烬，腾作晚霞彩阵！

摸鱼儿

在西藏察禺地段驻守的某团政治处主任黄白华，因守边任务重，多年没有探亲。其妻赴队探望他。车在极其危险的山路上颠簸，又被大雪封路，终不能进。司机劝她退回昌都等待好天，她坚持下车，背着行装，不顾生命危险步行前进。在她患了雪盲、精疲力竭、几欲倒下时，来接应的丈夫赶到了……

问人间情为何物，直教生死相许？年年万水千山隔，夜夜两心遥语。登远旅。为一晤、雪崩路断焉能阻。凡间织女，对险障重重，鹊桥难觅，承载更多苦。　　相思泪，常浸诗词曲赋。今朝尤让人妒。柔情融得千秋雪，绝境化成天路。风且住，山折服、静观悲壮夫妻聚。边防何固？有大爱支撑，长城似铁，家国用心护。

为红叶诗社高锐社长送行

抗战烽燃慨赴戎，征程历历建功丰。
将星灿烂诗星亮，国史崔嵬军史雄。
裂地开天冲弹雨，腾龙圆梦唱春风。
苍鹰老骥精神在[①]，代代传人叶更红。

注：① 高老在《红叶十五华诞志感》一诗中有句“苍鹰岂肯临风息，老骥焉能伏枥喑。”此二句可谓高老奋斗一生写照。

李奎武

西江月·中华揽月梦成真

千古神奇传说，月球也有移民。广寒寂寞耐光阴，久盼人间亲近。　　故土嫦娥奔月，蟾宫格外欢欣。九天揽月梦成真，能不令人振奋。

李树喜

五指山小诗

人云山似指，我看更如拳。
树杪连烟紫，泉声共鸟喧。
导游夸景点，诗客慕天然。
尘世多烦恼，洗心已忘言。

南天一柱

书生岂止弄萧骚，遥忆伏波胆气豪。
欲斩妖氛三万里，南天一柱可磨刀。

李星朗

鹧鸪天·贺兰州军区边塞诗社成立

解甲群英又跨鞍，吟旗高展贺兰山。陇原喜赋军魂曲，大漠长歌剑韵篇。　　峰作笔，雪为笺。凌云诗岳勇登攀。春风甘雨催新绿，边塞花开色更妍。

李祖新

晒征衣

血渍犹存弹洞间，征衣欲展向晴天。
如今晒去当初色，热血心头尚未干。

李振川

参加渡江战役志感

战线无形战绩骄，听风暗算解通宵。
天书破译呈陈粟，一役平汤不惮劳。

参观南京军区技术一局局史陈列馆

明灯征战路，夺隘建奇功。
帷帐天书解，沙场韬略通。
重回淮海地，又历闽江东。
一代降龙手，无名史册弘。

水调歌头·忆济南战役

明月当空照，喋血打济南。云梯高架摧堡，铁帚扫凶顽。劲旅兵临城下，雷击山崩地裂，拼杀战犹酣。固若金汤梦，顷刻化飞烟。　号声咽，短兵接，月光寒。瓮中捉鳖，虾兵蟹将一锅端。耀武出逃成虏，吴氏投明弃暗，功罪自昭然。伟绩垂青史，浩气满人间。

赞方祖岐上将《爱我中华诗书画展》

横戈跃马催华发，叠翠层峦百丈涛。
咏韵敲诗高格调，行书作画起狂飚。
杏花春雨江南美，峻岭祥云漠北豪。
四海方家真儒将，九州虎帐领风骚。

李海涛

《边塞诗刊》创刊

金城自古煅雄才，边塞诗风独壮怀。
西部开发千业举，东风催秀百花开。
敢教丝路添新彩，欣让羌笛翻旧拍。
喜见诗坛增锦绣，黄河高唱遏云来。

记首届军旅诗词研讨会

十月香山叶正红，名流云集会京城。
繁荣文化商新计，引领诗坛唱大风。
追古论今开视野，务虚就实点明灯。
挥鞭高奏主旋律，宏吕黄钟侧耳听。

李培先

师德颂

春秋寒暑讲台前，指点今昔解惑难。
黑板常同真理伴，粉尘自与汗珠连。
淡泊功利崇德信，甘做银烛育俊贤。
盛世和谐新雨露，无边美景待明天。

李清芬

渔家傲·冯原镇烈士墓[1]

林暗千山秋色暮，层峦叠嶂遮云雾。荆棘丛生幽曲路，真肃穆，英雄喋血长眠处。　一望壶梯生万绪[2]，年年荒冢谁添土？多少哀思今倾诉，泪难住，丰碑自古民心矗。

注：① 冯原镇在陕西省大荔县以北。② 壶梯，山名，在冯原镇北面。

李葆国

西安道上

车过太行迎峡门，轻雷一路叩星辰。
诗成未敢高声诵，恐扰广寒宫里人。

过嘉峪关

云囤晴雪暗祁连，古塞池涵大漠烟。
丝路星高驼梦远，莽原寒彻玉绳牵。
千杯不老凉州曲，一箭尚留明月篇。
盛世四维无战事，东风万里过雄关。

李惠芳（女）

国家公祭日

悲歌一曲动金陵，十亿同胞共忾声。
血雨腥风时未远，家仇国恨梦常惊。
和平钟下思忧患，公祭鼎前期复兴。
当记虎狼窥榻畔，安邦重在固长城。

李景全

剑　兰

花木军营处处青，葱茏茂盛夜啼莺。
执戈勇士不松懈，兰剑持枪也是兵。

李辉耀

六十感怀

年经六十甲重开，检点平生计未来。
克己每思天作镜，待人长以海为怀。
穷时敢打富家犬，酒后常忧俗世乖。
更向诗坛词苑里，绿阴多为子孙栽。

李锦堂

吊抗日航空烈士公墓

满目青山忠骨留，英雄碧血著春秋。
缅怀历史思今世，珍惜和平不易求。

李福荣

瞻仰长武县习仲勋革命活动遗址二首

秋枫似火劲松青，寻访故居移步轻。
石碾重提风雨事，土窑追忆苦辛情。
忠肝义胆凝忠骨，赤帜丹心见赤诚。
高举锤镰跟党走，老龙山下万花明。

旧居新貌入双眸，思绪飞扬岁月稠。
三水流波掀雪浪，两当兵变亮吴钩。
老龙山下红缨舞，幽谷窑中正气遒。
百姓盛传习老事，江河不废万年流。

李殷仁

读迟浩田副主席影集感言

写真如史记征程，捧读犹闻教诲声。
驰骋沙场捐热血，运筹帷幄献丹诚。
功高每忆沂蒙水，德劭常怀北斗星。
正气一身松不老，军心民意赞分明。

悼贾若瑜老将军

天悲星陨雨绵绵，人哭良师泪不干。百战沙场功卓著，始创军博斧开山。春晖绛帐催桃李，霜降层林唱枫丹。一片丹诚昭日月，终生奋斗未歇肩。眼前总现慈祥貌，耳畔时闻肺腑言。大德西行风范在，口碑千古胜凌烟。

悼周克玉将军

识君历下幸平生，半纪相随师长风。
骇浪惊涛肝胆照，金戈铁马泽袍行。
胸中韬略军中策，笔底雷霆心底声。
星陨琼霄天地恸，灵台泪雨诉衷情。

李静声

忆抗战

七七枪声破碧空，太行初试大刀锋。
九州喋血悲涂炭，万众同仇怒挺胸。
杀敌阵前铭青史，横尸关口笑惊弓。
雄师劲旅神通显，胜利归来倾酒盅。

李精维

记中国空军第二批女飞行员飞行五十周年聚会

蓝天姐妹聚华堂，细语高喧情谊长。
老骥尚存千里志，长空总忆桂枝香。

忆首次空降兵演习

铁鹰列阵啸长空，纵队楔形如猛龙。
战士乘风驱虎豹，伞花英勇绽军功。

李增山

江城子·送新兵入伍

山乡一夜锣鼓狂，送儿郎，把兵当。热血沸腾，不觉晓风凉。路口村头人潮涌，情切切，语长长。　便装今喜换戎装，辞爹娘，别家乡。铁马金戈，报国赴边疆。山道弯弯人渐远，云中鹄，正翱翔。

红色村庄赞

西柏坡村

峥嵘岁月永留痕，名与山河万古存。
曾是蒋家头痛地，光荣莫过柏坡村。

王子村[①]

红旗锣鼓庆翻身，作主当家记忆深。
一唱雄鸡天下白，曙光先照潞王村。

注：① 王子村，五代后唐潞王李从珂故里，新中国政权建设的奠基石——华北人民政府（1948年9月26日至1949年10月31日）所在地。1949年10月27日，毛主席颁布命令：中央人民政府的许多机构，应以华北人民政府所属有关机构为基础迅速建立起来。

里庄村[①]

大报欢呼诞小村，冲天号角鼓三军。
农家茅屋油灯下，成就几多不朽文。

注：① 里庄村，1948年6月《人民日报》诞生地。毛主席题写报头，一直沿用至今。

参观火箭实验基地

铁弓弦上箭，霹雳射云天。
热泪成功日，寒霜不计年。
几番心欲碎，多少夜无眠。
默默青春逝，长河大漠烟。

重访国防施工旧地孤山口

难觅青春脚步痕，却疑脚步耳旁闻。
攀山踏落天边月，归寨惊飞树上禽。
一路铿锵风带雨，千秋壁垒梦牵魂。
苍头莫笑今来客，拾取当年战士心。

李德文

瞻仰“新沟嘴大捷纪念碑”[①]

丰碑一座耸云霄，看似红旗又若刀。
血雨留痕滋热土，春风着意拂新苗。
云浮天际忠魂舞，人到碑前正气豪。
贺帅挥师泅渡处，长桥高卧笛声遥。

注：① 1932年6月，敌川军第四师范绍增部向新沟嘴进犯。为保卫洪湖革命根据地，贺龙命段德昌率红九师与敌浴血奋战，歼敌一个师，俘敌3000余人，缴枪2000多支。1985年7月，中共监利县委、县人民政府在当年的战地树立了“新沟嘴大捷纪念碑”。

李德华

高原哨所兵

高原哨所兵，风雪走边城。
尺素不言苦，丹心保国宁。

李德林

记刘帅战场抒怀

沟死沟埋林作被，路亡路掩草当篷。
只求碑上一行字，共产党员刘伯承。

李德荷

谒刘伯承元帅墓

每岁三朝日，携亲拜帅陵。
翠绦披碧帐，灵鸟播春音。
崇业彪青史，丰碑著伟名。
军神余至仰，弹指灭妖氛。

杨　威

高阳台·瞻仰屯垦戍边纪念碑

情满天山，功垂瀚海，丰碑血汗凝成。铸剑为犁，人欢马啸龙腾。一支巨笔云天耸，著华章，字字琼瑛。笑岑参，一夜春风，十里新城。　　当年谁料洪荒地，任群狼乱窜，荆棘丛生。古有屯田，左林远成名膺。而今大漠花如锦，披绿荫，百鸟争鸣。颂升平，铁垒桑田，玉韵金声。

访朱德故居

青砖灰瓦卷红云,土桌木床天下闻。
扁竹一竿担道义,雄师百万挽乾坤。
南昌举义旌旗展,砦市连兵岁月新。
革命精神垂宇宙,我今瞻仰动豪吟。

杨　森

清平乐·古田会议会址

古田春晓，历史风云绕。冲破夜阑旗帜耀，跃马雄关正道。　凤凰浴火霜晨，锤镰铸造军魂。踏碎惊涛骇浪，试看谁握昆仑。

金缕曲·军嫂

苦乐知多少。问关山，几重雨阻，几重风啸。轻摆摇篮声声唤，唤得星稀曙晓。杨柳岸，风和月皎。遥望升平歌舞夜，任柔情似水心头搅。思不尽，梦中眺。　天涯海角边关道。可记得，妻子迷眼，娇儿容貌。驰骋疆场英雄气，换取神州笑傲。也有那，情丝频绕。饮雪卧冰巡逻夜，盼一轮明月当空照。千万里，敬军嫂。

杨　璐

秋　瑾

貂裘换酒显豪情,宝剑刑天任纵横。
蹈火赴汤酬壮志,成仁取义铸英名。
秋愁七字萦先烈,浩气长年激后生。
谁去西泠捎口信,告知侠女早亡清。

杨小源

怀念陈毅元帅

诗人元帅外交家,北战南征震迩遐。
梅岭三章传绝唱,雪松百丈见高华。
睦邻亲友怜贫弱,怒目横眉斗虎鲨。
最是叮咛难忘处,莫伸手亦莫矜夸。

怀念陶铸同志

赴汤蹈火炼钢锋,牢狱沙场不改容。
斗敌帐前兼灭鼠,缚龙池畔更埋虫。
此身百战余归影,劲草通篇忆逝踪。
亮亮长书收到否?千秋风格仰青松。

写血书[1]

十年磨砺为冲锋，霜刃铮铮欲立功。
今日如需跨东海，宝刀不老血殷红。

注：① 梁星寿同志当年曾写血书："我要上前线"。

满江红·过卢沟桥感赋

水咽卢沟，枪炮响，声声未歇。狂寇恶，长城齐吼，万千忠烈。为复神州身赴死，誓驱鬼子心如铁。遍太行、王屋耀戈矛，同悲切。　　赵登禹，肝肠裂；佟麟阁，雄躯灭。宁断头，不教金瓯残缺。荒土长埋英士骨，郊原流尽军人血。屠龙手，驱散满天霾，团圆月。

杨子才

满江红·吴佩民《野草集》代序

万古潇湘，流不尽、穷黧灾祸。换天地、执戈长卫，运筹帷幄。辽海幽燕修戍垒，丹心白首追颇牧。《野草集》、凝集一生心，留金铎。　　奇儿女，当报国，浑不怕，头颅堕。况身坚、休把年光虚过。铁杵成针磨砺久，移山伟业辛勤作。莫蹉跎、驱二万征程，传薪火。

杨云亭

忆瓦子街战斗

秦川叶落朔风寒，将士西行卷巨澜。
冲锋号响惊蝥夜，奏凯声中破晓天。
瓦子街前催战马，二郎山麓舞金鞭。
利刃如飞穿敌穴，红旗直指下长安。

杨长松

百里奔袭

夜奔百里袭兵营，一路风生步履轻。
虎口拔牙施巧计，生擒岗哨索真情。

鼾睡如雷好梦中，先抓连副后抓兵。
一枪未发全俘敌，急速回程旭日红。

杨文化

参观济南战役纪念馆

苍松翠柏半山中，正起硝烟战火红。
大炮轰鸣犹耳畔，红旗招展耀长空。
聚歼顽敌兵十万，献身英烈千余名。
重温青史心潮涌，难忘当年激战情。

杨文祥

青玉案·参军

烟花爆竹通衢路，别亲友，前方去。叱咤人生能几度？肩披红带，胸怀壮志，欲效鲲鹏举。　　告辞乡里方秋暮，父母叮咛万千句。报国为民心已许。关河驰马，疆场喋血，哪怕风和雨。

杨方良

帐　篷

深山扎帐篷，雪夜避寒风。
眼比灯光亮，心同炉火红。
躬行勤业细，浓睡打鼾隆。
梦断英模会，闻鸡即点兵。

忆　哨

北兵南哨忆初巡，异域风光耳目新。
沸海煮金腾晓日，奔溪流碧映丛林。
孤帆远影望中尽，断戟残痕脑际存。
石岸云崖飞脚步，听风辨草识蛇音。

渔家傲·战地重游

蝶舞莺飞花气暖，游人脸上春风满。曲径广连芳草远，凝眸看，秀峰曾被硝烟掩。　　遥忆当年争夺战，打强全仗英雄胆。热血拼将风采染，功烈显，荣光永照山河灿。

杨正发

朱德扁担吟

朱德扁担弯又弯，元戎肩上井冈山。
千钧重任同甘苦，挑起江山挑亮天。

杨光明

小井感怀

红冢安眠烈士身，青松作伴未名人。
魂归天上星辰耀，魄入山川草木馨。
喜看井冈生俊秀，欣听赣水颂红军。
长思昔日英雄业，再绘神州五彩春。

满江红·忆平津战役

东野挥师，驰关内，兼程急切。遏守敌，圈留华北，英明决策。一字长蛇期固守，短兵多路强分割。到头来，擒将又俘兵，频传捷。　西向跑，天路绝，南向撤，难飞越。看燕原逐鹿，网中拿鳖。决战天津司令捉，围歼新保全军灭。看古都，从此属人民，翻新页。

杨远建

黎平会议旧址

秋月一弯寒翘街，风吹几度上台阶。
伟人已去硝烟尽，夜半犹听打草鞋。

杨苏民

破阵子·聆听开国大典直播追忆

1949年10月1日下午，二野军大五分校数千人在驻地莲荷校场集会，聆听开国大典直播。

赣北山川起舞，莲荷号角连营。百队精英迎大典，十月金风拂五星。湘音倾耳听。　校场欢呼雀跃，京华礼炮雷鸣。既把金陵春梦灭，敢教西南旭日升。开元谋振兴。

“熔炉”思恋

每逢八一忆莲荷，昼着戎装夜枕戈。
卵石作床沙作褥，背包为桌步为车。
霜晨洗漱溪边乐，酷日操兵岭上歌。
瑞种三千宜瘠土，而今到处是嘉禾。

杨学军

卜算子·丹江水进京

活水出丹江，最是花开处。千里流云一路歌，直向津京渡。　　霾散惜晴岚，得意分甘露。又见东南古运河，正把长堤固。

杨闻政

虞美人·《边塞梅花》赞

莫嫌雪里梅花瘦，敢与寒风斗。霜天画角塞云彤，依偎军魂虎胆万枝红。　　群芳纷谢侬先秀，为报春情厚。松涛竹影伴香浓，惹得衡阳雁去唤东风。

采桑子·游茅山谒圣地

采风飞上茅山看，旭日曈曈。林莽葱葱，万里烟霞诗意浓。　　旌旗十万江南忆，铁马雕弓。岁月峥嵘，碧血黄花战史红。

杨振惠

南乡子·老兵

学子志昂扬，投笔从戎夜渡江。炮火连天弥日月，坚强。碧血丹心打虎狼。　　皤发傲秋霜，回首峥嵘岁月长。解甲莫言春已逝，斜阳。一树梅花散晚香。

杨景俊

忆江南·马兰好（三首）

马兰好，戈壁战旗飘。胸有朝阳何惧苦，肩挑重担不辞劳。壮志薄云霄。

马兰好，将士扎根牢。酷暑严寒何足道，飞沙干旱一齐抛。荒漠涌春潮。

马兰好，大漠向天高。起爆春雷惊世界，手持长剑慑狂枭。豪气领风骚。

酒泉老兵情思

人虽别柳营，心傍酒泉生。
梦里长征箭，醒来赤地风。
常思发射塔，更恋送天兵。
何故情难却，神游太空中。

杨逸明

焦裕禄手植泡桐树下作

斯人虽逝树长留，手植焦桐五十秋。
根扎安居盐碱地，花开美化土沙丘。
追寻足迹三春雨，奏响琴声几户楼。
百姓如今能后乐，只缘书记已先忧。

杨裕瓒

庐　山

九江如练看回还，五老峰前心境宽。
绝壁流云龙翘首，层峦叠翠隼游天。
骚人乘兴挥椽笔，胜友多情弄管弦。
欲辨庐山真面目，应从横侧两重观。

柘林湖

旭日横波耀眼明，鱼山猴壁浪回声。
国人共享天池水，犹忆当年八万兵。

杨澄宇

帕米尔访军营

生命禁区永冻层，要寻春色到温棚。
边关将士汗浇灌，瓜果时蔬四季青。

杨新华

送女儿远航索马里海域执勤

日月望青空，风尘万里行。
痴儿犹嬉戏，老母暗伤情。
燕北轻烟柳，瀛涯骇浪旌。
郑公如有意，一路护琼英。

新春赠《红叶》编辑部诸诗友

玉泉灵秀地，红叶独妖妍。
慷慨高侯曲，雄奇蜀道篇。
有心怜净土，无计恋芳园。
给力云龙啸，飞霞映碧天。

杨聚民

忆新兵第一次夜岗

仰望星空远，思家泪满襟。
群群北飞雁，都带故乡音。

邸吉祥

徒步行军

霜晨塞外雁征南,胸有朝阳不觉寒。
猎猎红旗飞大漠,铁流千里到和田。

屯垦戍边

荷戈屯垦一肩挑,固垒强边意气豪。
汗洒荒原终结果,绿洲奏凯彻云霄。

连定忠

战　马

无言战友勇冲锋,火海刀锋沐凯风。
万里长征蹄印血,八年逐寇汗倾程。
关山跨越灭顽蒋,边哨飞驰再立功。
默默一生多奉献,巍巍龙马耀军营。

里　克

应聘红叶诗社函授导师感怀

西山红叶舞翩翩,廿载翻成桃李园。
军旅诗声传大地,健儿豪气漫高天。
葳蕤梁木朝阳暖,茁壮果苗春雨酣。
余日忝充浇灌手,乐将汗水润心田。

吴戈华

军出卢龙塞

复土收疆出塞垣,飞军两脚竞轮旋。
雄关虎首云头举,嶙径羊肠岭脊悬。
碛若留神见枯骨,墟犹凭吊续今编。
秋风古道连天远,楔入凌河拊敌肩。

忆电台F 161分队

春鸟缘何入匣囚?电盘一扭乱啾啾。
军情天宇虹桥架,号令云霄鹤路修。
日值每常依马背,夜班辄复掖吴钩。
至今犹梦枪声紧,大喊快将天线收。

吴世炎

观国庆大阅兵

亮相巡航弹，震天貔虎威。
老兵含热泪，遥忆大刀挥。

吴世干

回宜昌会诸战友

又见西陵橘柚黄,恭逢战友忆长阳。
同眠抵足情难得,互助齐心谊不忘。
旧地重游寻旧梦,新醅再酌续新章。
借花献佛声声谢,分别廿年茶未凉。

吴进煜

水调歌头·海防稳如磐

铁甲穿梭燕，浪里舞翩跹。茫茫大海无际，阔水任浮潜。勇健金戈铁马，巡弋蓝疆碧土，思绪起波澜。追月地天外，社稷我侪肩。　　海之壮，霞之美，志之坚。潮升潮落，千钧防哨稳如磐。听任涛浪拍，哪管船颠舰转，日夜警边关。礁岛心头肉，铁壁靖烽烟！

吴光裕

渔家傲·忆孟良崮战役大捷

嫡系“王牌”张灵甫，忘形得意狂言吐。北上鲁南无敢阻，擂军鼓，骄兵被困孟良崮。　　华野雄师威似虎。猛攻八面弹飞雨。兵败将酋归地府。枪举舞，清场斩获三万五。

金缕曲·黑茶山空难悼叶挺将军

万民心香祭。恸元戎、黑茶罹难，九州悲涕。立世挺身兴故国，十载兵韬砥砺。征腐恶、先锋凌厉。直下三湘平楚鄂，更临危、受命坚无畏。奔赣粤，举红帜。　　抗日救亡悲歌誓。建新军、铁流东进，斩倭除伪。战祸萧墙亲者痛，千古奇冤惊世。临大节、《囚歌》明志。不屈不移昂首立，赞英雄、赫赫功勋绩。同景仰，共天地。

水龙吟·解放一江山岛

涌涛东海连天际，列屿浮波苍翠。顽军据守，抓丁筑垒，地荒田废。渔禁船封，网闲空晾，苦熬生计。望椒江口外，沉云密布，解民苦，除芒刺。　　进击三军励志。战鹰低、突防势锐。劈波斩浪，舰喷红焰，舟沉船毁。强渡抢滩，排浪登陆，痛歼残匪。吊枫山义骨，捐躯报国，长垂青史。

吴地赐

水调歌头·贺神舟十号升空

万里碧空路，汗血铸丰碑。欣观盛世华夏，科技壮声威。又见三雄展翅，十号神舟再启，强国更扬眉。新老同立志，伟业映朝晖。　　航天史，无前例，梦圆归。金光大道，高歌当赋举旌旗。时值端阳节，汉宇韶光普照，喜雨伴春雷。月里嫦娥舞，把酒庆腾飞。

吴余兴

鹧鸪天·忆奔袭如皋怀石根烈士[①]

气爽秋高正降霜，石根率部夜行忙。三关闯过还加力，网里抓鱼一扫光。　　总攻起，弹飞扬，冲锋陷阵斗豺狼。全歼守敌凯歌奏，壮士英名千古芳。

注：① 石根同志时任苏中军区东台团参谋长。1947年秋末，奉命率第一营穿越富安、海泰、如黄三道封锁线，佯攻如皋城，以牵制国民党军对东台解放区的“扫荡”，在总攻时牺牲。

吴宣叙

怀战友

投鞭鸭绿江，卫国保家乡。
岭上花传语，犹呼黄继光。

边防夜哨

云掩天边月，水流山外溪。
寒村闻犬吠，午夜听鸡啼。
积雪征衣浸，狂风贴面撕。
红梅花着未？短信问荆妻。

吴梅荪

舟曲军援一瞥

白龙梗阻黄龙冲，更有雄师战逆风。
短炮长枪申赤胆，锹挖手刨见精忠。
现场救护争分秒，灾后防瘟响警钟。
重整河山兴创意，新城指日绽芳容。

吴鸿翔

阿拉山口哨所

昆仑远上几层峦，磐石边防第一关。
朔漠风吹沙草白，戎衣汗湿寸心丹。
豪情似火戍楼暖，月色如银塞雪寒。
常念亲人家与国，关山万里系危安。

南沙永暑礁哨所

身站沙礁激浪尖，心怀祖国海天宽。
鲸鲨指点潜波底，潮汐安排到眼前。
号角鸣风传万里，快帆击水会三千。
志当海上长城石，雨暴雷喧屹立坚。

航天员王亚平太空授课

高谈物理说天经，实验神奇众眼睁。
讲到太空神奥处，人间能得几回听？

肖建东

打靶归来

如临大敌战壕爬，独目原来点不斜。
白雪黄沙当锦被，归来抖落一身霞。

八一感怀

征途迈步有七年，热血青春愿戍边。
铸就军魂心似火，磨成铁臂意如磐。
八一百倍思英烈，十五千般梦月圆。
孙子单兵成队列，喊声飞上彩云间。

围降长春

只围不打练兵忙，盘马弯弓穷寇惶。
试炮弹飞麦城下，练枪靶作敌胸膛。
空投物落我防地，匪饿争粮火并枪。
指日城头白旗举，俘囚十万创辉煌。

梦到延安

指路明灯窑洞间，南泥湾曲润心田。
宝山塔落春秋雁，延水波连南北川。
圣地花开满华夏，东风送暖尽开颜。
老来好作延安梦，爱饮山中不尽泉。

何　文

忆东北民主联军骑兵师

晨光月影健蹄飞，沐雨舞风歼敌威。
跃马山河犹见雪，弯弓劫火已成灰。
英雄血洒征途壮，号角声催晓日辉。
更喜初酬千里志，垂鞭敲镫凯旋归。

何　生

缅怀陈赓大将

北战南征未歇鞍，风云叱咤五洲传。
扬鞭助越追穷寇，策马援朝破敌顽。
创建军工功卓著，育成国栋树擎天。
忠心赤胆一腔血，谱写人生壮丽篇。

何 鹤

鹧鸪天·应县木塔

遥想浮图镇古城，恒山望断野云轻。檐从斗角勾心起，铃对金戈铁马鸣。 风几许，月三更，平临北斗数星星。胸罗九百年前事，付与梁间雨燕声。

观建国六十周年阅兵感赋

雾散云开旭日升，碧空朗朗作荧屏。
心随铁甲雄师振，秋向春潮花海明。
几度沉浮愁病树，一朝崛起势雷霆。
维和剑指辉煌路，伟业中华说复兴。

登泰山

快步天街兴渐浓，九霄立定也从容。
云低日近群山小，绝顶赫然多一峰。

重温雷锋事迹有感

当年影像久弥珍，故事依稀未染尘。
三月题词雷贯耳，几篇日记语惊人。
精神岂可全抛却，传统还须重问津。
且看汶川兼玉树，中华大爱又翻新。

何运强

冬忆哨所

边关月落哨兵身，旷野茫茫枪伴人。
炉火染红冬记忆，风霜难掩绿青春。

鹧鸪天·退伍

红叶飘零桐叶黄，横空雁队唱归乡。频频回首离营地，默默无言解甲装。 别战友，碎肝肠，从今各自画春光。前程莫道风兼雨，军旅三年已是钢。

何昌运

读《当代军旅诗词奖获奖作品集》一等奖诗作

喜读众佳篇，篇篇肺腑言。
心头凝大爱，笔底啸龙泉。
诵到情深处，泪流湿素笺。
又闻军号响，老骥自加鞭。

邱智德

《星火燎原诗词选萃》读后

神州板荡起烽烟,革命英雄尽着鞭。
气节岂因囹圄变,头颅不怕国门悬。
罗霄浴血军威壮,遵义挥旌士气酣。
铁韵雄篇歌正义,红军诗史美无前。

余　晖

欢呼“天河一号”夺冠

后生可畏智无穷,日美居然拜下风。
一号天河赢国誉,喜登电脑最高峰。

余龙胜

志祥歌①

大校姓姚名志祥，生在河北贫瘠乡。日日案上温诗书，夜夜灯下苦寒窗。十八高才题金榜，廿二饱学出校堂。男儿壮志仿宗悫，一纸血书效国防。方至青海云沉沉，又登昆仑雪茫茫。高原多石人缺氧，戈壁无草绝牛羊。通天河中有妖神，三伏天里又雪霜。石飞黄昏鸣刀枪，风狂深夜啸虎狼。红旗漫卷唐古拉，绿衣装扮五道梁。咸菜粗饭就冰咽，奶酪砖茶偶品尝。莽莽油龙飞西藏，滚滚铁骑驰敦煌。情动雪域连佛光，胆撼大漠令昼长。七年家中音信绝，十载线上备战忙。曾哄小儿摘众星，亦许娇妻揽月亮。休言寡情恩爱少，可遣星月照空床。梦里殷勤奉老父，醒来无法侍亲娘。莫怨孩儿无孝道，归来泣拜短松冈。军号初闻腾热血，兵歌一唱弃柔肠。雄心壮志通天路，何惧忠骨眠道旁。科技攻关练兵场，寒暑钻研著文章。营盘不动景色改，光阴易逝鬓发苍。身躯半老当益壮，衣带渐宽挺脊梁。纵有千金不下海，誓将此生守国疆。京都秋高天气爽，姚君登上大会堂。近看皲裂唇色紫，细察浮肿面肤黄。不忘高原“三特别”，岂图功名一奖章。自言受诲军和党，幸与青藏共荣光。前排将帅动颜容，后座官兵泪沾裳。三致军礼难息掌，五谢战友方退场。江山历历数英雄，青史册册垂忠良。感君戍边三十载，为君泪下百千行。

注：① 姚志祥，总后青藏兵站部汽车输油管线管理团原高级工程师，全国学雷锋先进个人，全军和总后优秀共产党员，多次立功，受到党和国家领导人接见。

颐和楼赠别

红叶香山宝塔前，官兵兴会对无眠。
征衣犹带关中雪，营帐新翻塞上弦。
曲度西沙明月夜，吟开东海晓云天。
忽传檄羽烟尘急，千里频催铁马鞭。

冬夜寄北

岁暮天寒问短长，戍人夜夜误西窗。
遥知塞外千山雪，约寄梅花一缕香。

余江流

营区板栗

1986年，我在浙江舟山当兵，一篇题为《板栗》的散文在《解放军报》发表。25年后重读此文，感而赋此。

累累青蓬露剑芒，未经许可竟敲窗。
清风提醒当年事，此种来头是故乡。

余岳武

边关月

多情最是更深月，总带乡情伴哨楼。
几度狂风频卷雪，清辉依旧暖心头。

军委慰问驻京老干部迎春演出观后感

烽火开篇四乐章，英雄浴血为图强。
古田再把航标定，不信深蓝只姓洋。

余镇球

玉楼春·中美王牌云山对决[①]

云山一战惊天阙，滚滚硝烟遮日月，林焚石裂血横飞，两个王牌相对决。　　“元勋”自吹军中杰，龙角虎牙皆可折，自从领教锐“尖刀”，炒面飘香忙后撤。

注：① 此战役，是“四野攻坚尖刀”39军，与“华盛顿开国元勋师”美骑一师的对决。美军大败后，第八集团军司令沃克对部下感叹说：以后你们闻到“共”军的炒面味，就赶紧撤。

狄　杰

瞻仰徐向前元帅铜像

一腔热血满胸中，胆略过人斗匪凶。
临运城坚铁斧硬，并州垒固刺刀红。
截头去尾掏心术，围点打援克敌功。
开国元戎勋业在，牛驼山上仰英风。

〔中吕〕山坡羊·高原歼灭空特纪事

黄河凌哮，风狂雪暴。空投敌特沙滩掉。目茫茫，耳嗷嗷。军民铁骑猎虎豹。天降神兵敌难逃。物，都对号；人，全抓到。

邹达开

越昆仑

——忆1959年3月进军西藏

昆仑莽莽接苍天，旭日乌云转瞬间。
冰雹飞落银河石，难阻铁流奔向前。

邹明智（女）

梦中聆听马克思的话

梦里云游遇马翁，恭聆先圣解迷蒙：
宣言永引大同路，共产暂容资本风。
憾未亲征经验少，欣看摸石后贤丰。
何忧主义芳颜退，最是中华火样红。

鹧鸪天・忆入党

十五相思未到年，望穿秋水盼天天。解饥吞枣求真谛，画斧当旗习誓言。　炉火炼，雨风煎。小资乔亚换朱颜。奋酬壮志情无改，白发阿婆爱未迁。

水调歌头・飞天

——庆“天宫”“神十”载人对接成功

吻别神舟九，思念已经年。人间喜讯传报，“神十”启飞天。站舍红张翠盖，宫阙温馨舒适，端午粽香鲜。新旅豪情路，重任壮行肩。　问天阁、驭神箭、闯严关。宫船交会，开门鱼贯乐陶然。国有高科绝技，人有英雄本色，天上梦真甜。莫羡姮娥美，三杰有朱颜。

邹佩兰（女）

忆军营生活

女儿也要带吴钩，投笔从戎解放求。
卧雪爬冰不言苦，习文练武在前头。
白天驻地帮群众，夜晚行军走壑沟。
鏖战三春驱蒋匪，军营七载喜回眸。

邹积慧

水调歌头・毛泽东《向雷锋同志学习》题词50周年感赋

笔落一川雨，潮涌九天澜。汤汤势壮华夏，烁烁绝空前。遍洒文明甘露，泽润心田亿万，五秩播福源。紫气蒸霞彩，碧水托蓝天。　倡新风，亲马列，敬锤镰。百川众望归海，清气满坤乾。更喜科学指引，伟业风鹏正举，沧海变桑田。漫漫复兴路，风好放云帆。

邹敢昆

南征歌（选二）

上世纪六十年代，余所在部队奉命南征，援越抗美。

抢　修

机似飞蝗蔽日阴，瞬间弹雨落霄云。
军旗猎猎烟中卷，号子声声泣鬼神。

军　号

闻鸡起舞号兵勤，晓月晨风响入云。
巧用天时催战马，施工日日报捷音。

邹德余

蓝天骄子

——赞试飞英雄李中华

蓝天迎骄子，砺剑傲苍穹。
头顶边关月，身披大漠风。
江河当鉴证，肝胆写忠诚。
喜看长城壮，神鹰展翼雄。

浣溪沙·赠两名女航天员

杨柳春风喜讯来，双鹰跃上凤凰台。神舟揽月继英才。　　方送男儿穷碧落，又看巾帼叱风雷。老兵把酒祝三杯。

辛黎洪

参　军

弯弯山路百合香，少小从戎念故乡。
农会主席亲送我，红花白马上前方。

辛耀武

临江仙·开国犒劳金

1949年10月1日，新中国成立，中央政府给全军官兵颁发开国犒劳金。

农币千元藏箧底，爱如至宝奇珍。时时激励老兵心。问其何所贵？开国犒劳金。　　伴我骋驰多少载，风吹浪打霖侵。全凭信仰壮军魂。眼前花锦簇，晚景焕然新。

记李达参谋长邯郸行

上将只身潜敌阵，乔装密会旧时人。
谆谆理喻投明事，娓娓情牵弃暗心。
蒋氏邯郸空做梦，八军易水誓诛秦。
燎原烈火熊熊起，弃暗投明高树勋。

水调歌头·井碑

宁夏军区某给水团，为宁夏山区打井101眼，完成了“百井支农富民工程”，当地政府和群众纷纷送锦旗、立井碑，赞扬亲人解放军。

百眼富民井，泽润古荒原。乡民欢跃，银锄铁臂引甘泉。白浪银珠飞溅，旗帜红星相映，人在石崖间。弯月低营帐，马达奏心弦。　　冒霜雪、迎沙砾、夜无眠。深勘千尺，岩芯传捷喜开颜。踏遍群山幽壑，唤出瑶池波涌，清冽映蓝天。座座丰碑立，功德颂年年。

闵永军

战友相逢

金秋时节喜相逢，有幸南通叙旧踪。
昔日军营同保国，今朝商海共争雄。
情融心畅歌难尽，笑逐颜开乐不穷。
难忘金戈铁马事，相期再唱夕阳红。

冷明清（女）

观看电视片《红叶情》感怀

钟情红叶廿秋冬，多彩多姿炫彩虹。
烽火硝烟峥嵘路，传薪华夏展雄风。

汪　洋

饮马汉江边

三八防线坚，临津江水寒。
三奇复三险[1]，破阵旦夕间。
抚琴总统府[2]，饮马汉江边。
应谢传书者，香江有华笺[3]。

注：① 我第三十九军一一六师担任主攻，八分钟突破临津江，所选之突破口、进攻阵地及炮兵阵地被陈赓大将誉为“三险三奇”。② 攻克汉城后，我当晚宿李承晚总统府，府中有钢琴甚美，我曾抚弹之。③ 后方有信使来，带来湘玫发自香港的信件。

汪　琦（女）

征战高原的女译电兵

大军奉命戍边关，山高路险不畏难。爬冰卧雪抒壮志，二郎、雀儿只等闲。昼行夜译传军令，上呈下达保通联。万里征程不停息，迎来雪山红日妍。青春无悔乐奉献，甘洒热血自恬然。时光荏苒五十载，高原女兵志犹坚。

老年放歌

解甲归田未息肩，挥毫泼墨又忘年。
谋篇琢律情难抑，妙语成文梦正圆。
岁月峥嵘歌往事，桑榆非晚写新篇。
谁言老骥风云滞，长啸奋蹄冲九天。

汪业威

三沙吟

华夏宣威南海上，三沙建市五星扬。我闻此讯心欢喜，一梦倏然到石塘。万里石塘知荣辱，千秋碧水鉴兴亡；今朝幸甚逢明世，浪稳舟轻国运强。悠悠云影曳天光，岛树蕉花分外香；螺号声声吹浩渺，椰风阵阵拂清凉。懒龟慵睡金沙毯，顽鸟嬉戏白玉床；赤脚追涛油画里，童心拾贝古诗旁。海边谁晾银丝网，闲挂藻泥岁月长。小径寻幽山谷下，几丛灌木隐藩墙。有人篱畔务劳作，虬指苍苍黑脸庞；惊喜扔锄闻客至，炊烟袅袅拉家常。世代捕鱼居水上，向天遥指是吾乡；当年涨海风波恶，鼠窃狐偷不胜防。都道今天庆永兴，不知何日撵豺狼？沙洲铁峙人还土，先祖坟头上炷香。听罢此言心怅惘，别时冷月满衣裳；心潮澎湃海潮起，火热天风忽转凉。心事忡忡迷所向，何人询令振山冈；遥瞻峰顶塔楼耸，月下巍巍一杆枪。身份辨清迎进房，军官娓娓道南疆；回身先祝三沙立，转首神情顿激昂。科技兴训军魂铸，寸土不教手中亡。声声霹雳耳边响，字字惊雷胆气张；梦醒长空归来晚，泪如潮涌血如汤。渔人月下思桑梓，战士碑前话汉唐。尚缺金瓯须努力，还余使命要担当。我亦军中七尺郎，岂无腹底一分钢；苦心常虑宁波计，精骨能敲破阵章。何日请缨提锐旅，骑鲸蹈海渡汪洋。长刀尽雪百年耻，神剑复我万里疆。

汪剑潭

鹧鸪天·回故乡

少小从戎白发归，故乡山水远相偎。停车先睹村边柳，问讯轻敲白板扉。　思往事，燕双飞，蓬茸花草映春晖。嘘寒问暖殷勤意，握手相看喜泪垂。

汪福年

贺将军学府校长弥生泉荣获湖北省“杰出老人”称号

将军百战自从容，擎帜黉门不世功。
绛帐宏开诗教化，祖鞭先着意情浓。
长怀卓识虚如竹，巧慧精思品似松。
更喜而今传美誉，柳营内外贺英雄。

沈　扬

军人风采

一生戎马为中华，一往情深暖万家。
一股豪情肩重任，一身铁骨走天涯。

赞军垦人

雁鸣荒草望无边，铸剑为犁身向前。
戴月披星耕旷野，顶风冒雨建家园。
暑寒咽尽千般苦，血汗赢来万顷田。
昔日艰辛成大业，今朝塞外似江南。

沈文哲

军用毛巾

洁白无瑕品自高，随军不怕路途遥。
若逢月黑沉沉夜，系向臂间当路标。

军用水壶

拉练野营冬雪飚，日行百里汗如浇。
水壶虽小能装海，晃晃摇摇鼓浪涛。

沈为刚

战友南通聚会有感

六十春秋弹指间，风霜雨雪不知寒。
曾随陈粟征南北，更与蛟龙斗海天。
闪烁油灯同奋笔，纷飞战火共挥鞭。
重逢旧地皆斑鬓，翰墨犹思续锦篇。

沈华维

写在第二届军旅诗词研讨会上

虎胆干云气，西山老凤声。
楚歌强似弩，檄羽胜于兵。
砺剑南沙石，凝魂大漠风。
芃生春在唤，好雨绿军营。

晨闻中越边境海防哨所号声

贯耳依然熟又亲，号声急促破清晨。
滔滔南海多风雨，莫作太平沉睡人。

中越边境国门一连见闻

放眼惊涛浪，亲邻环顾中。
依山成虎帐，联水固边城。
雨润参天树，花拥绿色风。
国门凭赤子，日夜枕涛声。

宋其干

远　眺

窗前极目彩云间，情逐飞鸿过远山。
阅尽沧桑心未老，诗仙助我览青天。

宋英奇

彭总夜布阵金刚寺

榆林战斗调胡蛮，配合陈赓出济源。
墙厚城高笼火炙，衣单食少瘦身寒。
指挥所设金刚寺，彭总深思布弈盘。
仔细推敲方案定，重拳击向市东南。

祝捷大会励群英

——忆周恩来副主席亲莅真武洞讲话

延安弃守诱胡兵，三战辉煌锐气生。
祝捷庆功真武洞，动员进击陇东城。
周公讲话声情激，彭总陈词胆气雄。
会场欢声如巨浪，排山倒海贯长虹。

忆一九五四年春周总理对新疆军区干部讲话

慈祥总理立台前，和煦阳光照楼兰。
情系边陲亲问暖，体贴将士自嘘寒。
惟期塞外栽红柳，引得春风度玉关。
王震闻言呼振臂，骨灰日后撒天山。

宋彩霞（女）

满江红·学习焦裕禄

穿越时空，五十载、流芳中国。风雨际、用超群才气，治荒阡陌。冒雨堵烟身似铁，飞流探险人如石。是平生、卓卓起焦桐，长相忆。　　英魂在，丰碑立。高天阔，鹏生翼。有锦茵明月，好生之德。鸿雁已传涓滴绿，翠林犹有梅花白。遂平生、炯炯惜民心，山河碧。

宋清渭

观电视剧记《戈壁母亲》

大军十万进新疆，屯垦戍边重任扛。
戈壁母亲甘奉献，战天斗地创辉煌。

勤劳纯朴暖人间，两代情缘融雪山。
建业立家基础稳，铜墙铁壁固边关。

母亲功业九州歌，爱国育人故事多。
宽阔胸怀消宿怨，困难善解构谐和。

老兵抒怀

少小从戎扫雾霾，枪林弹雨长成材。
自知肩上将星重，奋斗终生志不衰。

宋锡慧

鸭绿江桥

金达莱花隔岸红，香无护照过丹东。
一桥横贯中朝界，两国相依贸易通。
半岛硝烟弥史册，满山翠柏守英雄。
石礅断在江心处，诉说当年血雨风。

兵马俑

右手缰绳左手弓，战车滚滚马嘶鸣。
冥宫站立千年守，一抖尘埃世震惊。

张　凡

战友集会纪念第四野战军南下工作团建团60周年

青春不必问天高，缚虎屠龙气正豪。
岁月行云留矢志，硝烟滞雾赖新旄。
欣看故国千秋业，直破长洋万里涛。
民富国强阳艳日，且将余热献微劳。

张　及

看《阳澄烽火》半景画[①]

守得芦丛破晓天，阳澄渔火化烽烟。
斋藤必定输"江抗"，此去东洋路几千？

注：① 此画再现了1940年庚辰正月初一凌晨日寇警备队长斋藤率部偷袭我"江抗"驻地而被击毙事。

张　申

读《红叶》诗刊

眺望香山秋叶红，风高树远势峥嵘。
雄师莫道唯操戟，一抖战袍风雅生。

张　伟

重阳登高

已是重阳花未残，清霜过后更斑斓。
风声起处摇黄叶，云脚停时落碧潭。
不为日斜生感慨，岂因草盛阻登攀。
前方路尽一回首，人在巅峰天地宽。

张　远

长　城

一鞭晓月渡关河，踏碎晨风鼓战歌。
纵马弯弓盘大漠，长城万里更巍峨。

张　结

观地对空导弹射击喜作

为看军威壮，宁辞冒晓风？
红旗临怒海，银靶起遥空。
大地腾烟火，长天舞玉龙。
残标云际落，近远笑声同。

张　彪

海军建军六十周年观海上阅兵有感

海赋军魂六十秋，折冲碧浪未回头。
陆空并驾成三虎，潜舰双飞搏一流。
猎猎英姿惊远客，泱泱风范引寰球。
五洲宁静应非梦，眼底吴钩看不休。

张　清

忆火急报军情

乔扮牧童妙计生，泥包密信路旁扔。
转身应对东洋鬼，刀顶胸膛心不惊。

参观辽沈战役纪念馆有感

解甲归来不了情，重游战地锦州行。
硝烟散去丰碑在，满壁英名血写成。

牛娃从军记

放下长鞭举起枪，紧随北斗打东洋。
硝烟雾里学文武，弹雨林中练捕狼。
昼过青纱传密信，夜回山谷报倭防。
擒来鬼子齐夸赞，小小牛娃有用场。

张　涛

西江月·穿越武汉“长江第一隧”

喜趁金牛春始，出游欣赏奇工。车驰长隧似流星，忘却波涛戴顶。　昔日中山期望，今朝特色争雄。江城豪气贯长虹，江底通途首竟。

张　颖（女）

纪念我军通信兵诞生八十周年

天翻地覆八旬冬，烽火龙冈旗帜红。
半部电台开伟业[①]，双星睿智建奇功[②]。
沙场歼敌眼明亮，帷帐筹谋耳顺风。
固我长城肩重任，打赢赖有信息通。

注：① 半部电台：1931年1月红军用缴获敌人的电台建立了无线电通信，因发报机被破坏，当时只能收报，故称半部电台。② 王诤、刘寅是我军通信事业的开创者和我国电子工业奠基人。

张一民

清平乐·忆开国大典

雄师受阅，金水桥前列。方队整齐如切割，正步铿锵跨越。　　长空银燕飞行，装甲坦克轰鸣。鼓乐歌声阵起，京城一片欢腾。

清平乐·太行歌声

太行山上，嘹亮歌声唱。唤起军民兵马壮，协力同将日抗。　　高歌游击战争，歌声响彻长空，唱到“膏药旗”落，神州一片欢腾。

张人达

清明谒十九路军抗日阵亡将士墓园

我随学子谒陵坟，同祭抗倭烈士魂。
喋血沪淞留正气，长虹贯日扫乌云。

张小红

鹧鸪天·母亲

带病犹围老灶台，自身温饱自安排。净心常厌鱼和肉，尚俭更珍衣与鞋。　　门口路，屋前阶，天天扫得少尘埃。为期子女归来信，久立村头倚老槐。

临江仙·乡居

墙内竹丛墙外柳，门前渠水清清。喜人最是小园庭。两三豌豆架，四五苦瓜藤。　　尘虑早随酣梦去，推窗不问阴晴。半耕半读半医生。疗穷无妙手，解闷有诗经。

张少林

参观许世友将军故居

万紫山中涌万泉，来龙岭上忆先贤。
寒门曲径儿孙路，故里康庄父母天。
为国为民千愿结，尽忠尽孝两能全。
生当人杰雄狮吼，浩气长存揽月眠。

张中发

赞航天工程兵

凿洞穿山巧筑巢，崇岩峻岭隐神蛟。
一朝祖国有召唤，飞剑升空震霸妖。

张化春

探月尖兵赋

——祝贺我国发射第一颗月球卫星圆满成功

嫦娥有幸点尖兵，绕月巡天路几程。
相会吴刚陈桂酒，再迎贵客进蟾宫。

张凤桐

神七颂

壮士三英飞碧穹，飘游舱外启新程。
太空浩瀚留身影，日月相迎地上星。

张凤楼

赞罗阳

报效国家肝胆倾，创新超越业求精。
英雄谢幕勋功在，激励中华更远征。

张文一（女）

红星颂

“万岁军”中一小兵，东西南北历征程。
红星照耀心尤亮，理想追求步不停。
解甲转行听号令，登台执教育精英。
艰难险阻从容对，笑看霞飞夕照明。

张文元

水调歌头·发展慰先贤

楚地奔湘水，红日跃韶山。霞光驱赶黑暗，星火喜燎原。唤起工农千万，搬掉大山三座，华夏换新天。开拓复兴路，探索奠基坚。　红旗展，贤能继，谱新篇。改革开放发展，安富万民欢。仰望神舟揽月，俯视蛟龙潜海，世界赞声连。仰止英灵在，当为舞翩跹。

张心舟

赠北海舰队碧波诗社诗友

北溟一帆映重霄，万顷碧波翻雪涛。
笔底惊雷驱鬼魅，胸中怒火慑鼋鳌。
扬鞭银汉金戈亮，砺剑蓝疆铁马骁。
荟萃群星歌劲旅，兵魂血铸国魂骄。

忆戍青海

羽檄飞传大雪天，旌旗猎猎过祁连。
肩挑日月风云搏，智斗熊罴心血捐。
水草滩头弯劲弩，笔条沟内著雄篇。
戍楼灯火今安在？梦里常回青海湾。

诗仆心声

谁云无错不成书，当问心神凝聚乎？
难忍伤痕遗百代，哪堪泪雨谢千夫。
积薪八载知犹浅，面壁三年气尚浮。
莫待微瑕铸大恨，埋头灯下逐畦锄。

张书伟

游璇台有感

璇台位于夏水、胭脂两河交汇地，柳直荀烈士曾被诬囚禁此处。

璇台波碧映清幽，夏水胭脂环古丘。
应是仙人居集处，何成豪杰锁囚陬。
神州早已江山定，毅魄当欣月桂游。
昔日苏区今胜景，明珠耀眼誉全球。

张玉银

南乡子·戈壁素描

飞鸟去天涯，早着皮衣午着纱。烤火吃瓜欢乐里，喧哗，石块风吹砸树杈。　　几处有人家？种草挡风垦石沙。戈壁滩头驰骏马，堪嘉，捷报边关寄落霞。

张玉棠

南湖启航九秩颂

国势攀高脊更坚，锤镰九秩正华年。
气吞山海惊神鬼，声叱风云动地天。
昂首擎旗惊霸主，挺胸率众斥强权。
舜尧奋起凌云志，科技星舟宇宙旋。

张本应

加入红叶诗社感赋

越得崎岖更挺身，丹霞接引过重门。
回眸但仰将军业，入梦犹萦战士魂。
塞上冰霜长刻骨，淮南柑橘自留根。
而今我亦充红叶，要为西山抹一痕。

烈士陵园白杜鹃花

冰容淡扫下妆台，不与梨花一院开。
栗里千丛红映谷，清明只合素装来。

张本浩

悼念萧克老社长

南昌举戟列先锋，浴血罗霄气势雄。
策马燕山驱日寇，挥师粤桂灭蒋凶。
柳营冰雪肝胆赤，绛帐春秋蜡炬红。
红叶晚霞光灿烂，军魂诗韵两峥嵘。

张世义

鹧鸪天·春景

九尽春花点点红，柳丝万缕细摇风。晴光暖暖田园绿，布谷声声一路同。　　村野外，日初红，田间耕种易山容，人勤春早画图美，期盼秋来硕果丰。

鹧鸪天·西沙女兵

十七十八一朵花，身穿迷彩脸飞霞。平生最爱边关月，南海春潮渔火斜。　　云影动，浪淘沙，满腔热血守天涯。波涛汹涌巍然立，直把三沙当我家。

张世周

忆初恋女友送我参军

同步巴山路，寒林柳色青。
凭栏人痛别，傍树鸟心惊。
卫国千山重，迟婚一叶轻。
边关连故月，竹马系梅情。

贺神舟七号飞天圆满成功

神七飞升疾，向天新里程。
三雄追日落，一杰太空行。
翘望红旗展，遥听奏凯声。
神州歌壮举，豪气化诗情。

张乐元

西江月·还乡

去日满天飞絮，归来布谷声声。回家小住过清明，细雨桃花新景。　　五十春秋易过，儿时记忆难平。离乡离土不离情，绿水青山作证。

张华斌

鹧鸪天·冬训

迷彩一身沐劲风，斜阳辉远隼盘空。雪寒时节来冬训，徒步长驱壮我情。　　医护走，主官同，野炊拓展乐融融。耐寒抗累磨心志，不让人生醉梦中。

唐多令·白洋淀

芦叶满汀洲，篷船劈浅流。雨初停、寒气飕飕。万亩荷塘桥上览，叶犹翠，花刚收。　回首苇丛沟，雁翎射寇喉。旧白洋，抗战名留。今日组团游碧水，赏圆月，过清秋。

水调歌头·赞《奠基者》

萧瑟嫩江畔，荒野赤旗翻。中央决策英明，选将任能贤。队伍千锤百炼，高德馨风亮节，会战大油田。白手起家事，九域慨支援。啃干粮，喝冰水，露天眠。书香指路，为国争气地球钻。打破强权封锁，抛弃贫穷旧帽，捷报屡相传。喜看当今世，华夏更非凡！

张光彩

看《鹰隼大队》兼贺人民空军六十华诞

初冬风劲赤旗妍，锣鼓咚咚震地天。
喜庆蓝装花甲寿，欣观鹰隼妙龄年。
一穷二白无生有，百炼千锤后越先。
比翼高飞雷电击，气冲牛斗卫轩辕。

张兴铭

海洋行

唯有英雄不畏艰，惊涛骇浪挂征帆。
探查极地开新路，潜访龙宫写锦篇①。
霄汉巡游千里眼，旌旗招展万艘船。
陟峰三座前程阔②，耕海强邦我辈先。

注：① 中国远洋科学调查船，经过8年艰苦奋斗，在西太平洋国际海底探定15万平方公里的锰结核矿区，其中7.5万平方公里的开采权归属中国。② 指“查清中国海，进军三大洋，登上南极洲”三大目标。

赞“扁担”律师杨道成[1]

荆途漫漫志填膺，无奈寒门食不丰。
学海茫茫无捷径，难关道道起鹏程。
悉心为庶讨公断，铁面陈言据准绳。
砺剑十年朋满座，一条扁担写人生。

注：① 杨道成，湖北十堰长沙坝村人。初中二辍学打工多年，屡遭老板克扣、辞退。后在车站做“扁担”打工生计，同时坚持自学法律，十年取得大学本科学历、律师资格，赢得3000多名打工仔被欠工资的官司。

张志琦

乾陵无字碑

陵巍势峻傲苍穹，碧草如茵映柏松。
功过何须文字赋，空碑万代后人评。

张克复

赞装甲兵某部

月明长夜甲衣寒，威武之师戍塞关。
滚滚铁流摧敌胆，咚咚战鼓震天山。
卫疆壮志别家去，报国丹心裹革还。
万里长城万年固，旌旗猎猎耀瀛寰。

古浪峡

崇山险道势峥嵘，铁锁金关虎踞名。
烽火烟传千里讯，垒碉洞隐百营兵。
和戎城忆郭元振，滴泪崖哀穆桂英。
大道通行今息武，牛羊成阵草菁菁。

张伯硕

水调歌头·海上联合军演

四月百花放，黄海演兵忙。百舸飞卷波浪，战舰列成行。掠过云中铁翼，弹炮飞喷火雨，潜艇海中藏。时接将军令，风卷战旗扬。　遵国策，展军威，卫海疆。忠诚使命心系，深水练刀枪。锻造雄风舰队，搏击群英聚会，出鞘亮锋芒。高唱深蓝曲，阵位固金汤。

张宏轩

忆粤桂追歼

大山十万矗云端，雪雨风霜何惧寒。
脚竞车轮千百里，凯歌阵阵笑声喧。

鹧鸪天·观电视剧《井冈山》

赤帜锤镰耀五星，红梅傲雪井冈峰。铁流千里风云会，万众同心力倍增。　纠失误，立真经，烽烟起处舞红缨。若无湘赣星星火，何有江山一片红。

浣溪沙·海边松

谁种青龙岩石中？千姿百态各无同。神功造化一林雄。　潮卷浪浇枝更绿，风摇雾裹叶愈葱。沧桑阅尽不改容。

鹧鸪天·军中牡丹

秀发齐留到耳边，身穿迷彩更翩翩。青春染上从戎绿，壮志书成报国篇。　军号紧，哨声尖，摸爬滚打势惊天。峨眉腰里苍龙吼，血荐军中红牡丹。

张若青（女）

小重山·海空第一仗[①]

东海晴空万里长。渔船排大队，捕鱼忙。“延安”“兴国”正巡航。遭匪袭，轰炸甚疯狂。　血债血来偿。银鹰双出战，打豺狼。初征获胜绩辉煌。头一仗，青史永留芳。

注：① 1954年3月18日，我千艘渔船出海捕鱼，华东海军派出“延安”“兴国”两艘军舰和6艘炮艇护渔巡航。是日下午，遭国民党6架F-47型飞机轰炸扫射。海航命令我航空兵崔嵬、姜凯双机迎敌，在南田上空，每人击落敌机一架，双双立功。

张英华

唱战歌

一曲高歌热泪潸，绕梁三日忆当年。
声声血火声声思，今夜梦回延水边。

晚秋登北山

童颜鹤发着轻衫，踏碎晨光上北山。
纵目锦川层壑绿，转身枫树叶流丹。
惊空雁阵南飞远，换季金风拂面寒。
仙境人寰何处是？奋蹄当在彩云间。

张英俊

浪淘沙·赞“神七”飞船

华夏造“神舟”，舱外巡游，声威赫赫震全球。华胄炎黄多睿智，折桂无忧。　建国六旬秋，征路回眸。鼎新革故展宏猷，自立强林兴伟业，更上高楼。

张国梁

水调歌头·北斗明灯

万籁无声夜，仰望碧空星。高悬北斗璀璨，指路有明灯。领袖经纶决胜，笔底神奇文采，谈笑缚长鲸。闪亮光辉绩，举世赞英名。　颂改革，歌开放，谱新声。中华儿女，几多甜梦暑寒更。前辈宏图伟业，历尽艰难险阻，今日得飞腾。昂首向前进，照我再长征。

张奕专

沁园春·高炮打靶

滚滚烟尘，猎猎旌旗，莽莽校场。看靶机出击，洪声震耳，雷仪捕捉，神视追光。炮管成林，星徽耀目，敢与修罗较短长。传严令，正璇玑运处，直指天狼。　书生底事戎装，奈事业今生在佩枪。任驱车骋马，风餐露宿；行军布阵，虎跃鹰扬。清扫阴云，端凭电闪，借得瑶台筑铁墙。吾何憾，有晴空作纸，恣写词章。

张学忍

边哨二首

万籁寂无声，星稀夜月明。
巡途何惧远，权作小长征。

悬崖百丈冰，大雪映寒星。
万径人踪灭，独看巡哨兵。

张建新

随军家属

辅助夫君创业难，随军调遣北南迁。
爱巢简陋遮风雨，岗位偏荒适暑寒。
训育儿孙承夙志，孝尊长辈国风传。
时光流逝鬓霜染，盛世欢歌慰晚年。

西江月·战蟠龙

布下牵牛战术，佯装退走河东。蒋胡十万紧跟从，诱敌长途疲动。　隐蔽养精蓄锐，三天四面强攻。一六七旅交割清，毙俘七千余众。

张炳起

诉衷情·与航天员聂海胜合影

年邻花甲尚追星，留影在航城。神舟环宇潇洒，华夏满豪情。　天道远，勿稍停，奔蟾宫。纵观天宇，再厉精兵，亮剑苍穹。

张首吉

忆从军

春风拂煦暖天涯，列列白杨吐嫩芽。
屹立关山遮雪雨，扎根边塞阻黄沙。
满身稚气随云逝，通体阳刚映日斜。
闪闪红星头上戴，拍张彩照寄回家。

张洪珍（女）

“当代军旅诗词奖”颁奖会

心伴铁流万里征，啸吟低唱总关情。
力推精品光军帜，敲得诗声是鼓声。

读李翔老师《南村，难忘南村》有感

炕头膝促最贴心，飞笔临灯到夜深。
小朵浪花折历史，曲肠二度觅乡音。

张艳杰

中秋夜读老师评改作业

一片深情入夜吟，冰轮如水意何深。
秋思喜得枫林月，不负师尊解惑心。

读《红叶通讯》

鸿雁衔来一叶枫，霜林如火醉心胸。
如闻军号声嘹亮，起舞六盘弯劲弓。

参观通信兵陈列馆

军号一声克古城，电台半部助神兵。
信鸽敌后传情报，红线阵前连帐营。
眼亮明察千里外，耳聪遍布万山中。
三军撒下天罗网，一个方格一点星。

第一次单独上夜哨

初值流动哨，寒夜伴风高。
芦苇沙沙响，绒花片片飘。
手中枪壮胆，心底气冲霄。
终待东方亮，红霞染绿袍。

张桂兴

读任海泉会长《世界五千年》诗集有感

四海风云放眼量，纵横辑翠谱华章。
轻描世界千年史，细数人间百代殇。
典故源头评典故，迷茫疑处解迷茫。
借来神笔梳风雨，化作诗篇论短长。

采桑子・西沙永兴岛椰子树

扎根海岛参天立，扮美边疆。守护边疆，昂首任凭风雨狂。　海天一色鸥为伴，送舰出航。迎舰归航，飒爽英姿哨所旁。

张晓虹（女）

参观抗美援朝纪念馆

惊飚连朔野，烽火照青霄。
征甲披云啸，风旗带血飘。
战壕凭冻铁，冰雪铸英标。
竦立关山侧，贞魂若可招。

满江红·致驱逐舰

金笛分云，浮翠巘、环晴一湾。昂舰首、半衔飘带，半卷流幡。方阵参明千里眼，长戈催破九重渊。待拂开、鉴照识风姿，留梦看。　　礁关过，链岛穿。击狂浪，洗高舷。看英姿骏发，弹剑横澜。偏记神雕舒健翼，那堪沈雨隔疆垣。叩天门、肝胆寄轩辕，烟海间。

张晏清

春　感

东风问讯皱春池，物竞生机意恐迟。
娇柳池边生嫩叶，古松岭上发新枝。
庭园草木争妍日，克堡英雄亮剑时。
追忆风云曾叱咤，晚晴自重赋新诗。

常　忆

忆昔重楼不夜时，金钩在手锁眉思。
身心已付天书战，不畏他人笑我痴！

张海麟

红船颂

烟雨楼前碧水粼，南湖画舫庆芳辰。
乘风破浪九十载，万里鹏程四海春。

张焕军

卜算子·改革开放三十年感怀

慧眼识新潮，应时抓机遇。绘就蓝图日月新，跃马康庄路。　　勇立大潮头，振翅高天翥。唱彻春天故事歌，再把辉煌铸。

张清正

颂太行山

脊梁劲挺首高昂，烽火硝烟慨亦慷。
山岭重重皆堡垒，密林处处尽钢枪。
笑看精锐手中溃，敢叫倭酋刀下亡。
风暴雷霆催不倒，顶天立地屹东方。

张景芳

环卫工

橘衫红照眼，长帚伴光阴。
滴汗溶初雪，披风透后襟。
清园花解语，疏柳鸟归林。
人醉山城美，争夸那颗心。

张道理

渔家傲·军人风采

练武修文身体帅，天天被子叠方块。七尺男儿真是怪，雄风在，穿衣吃饭瞧谁快。　　竞技场中花放彩，摸爬滚打人人爱。最是会前歌比赛，情如海，欢腾一片争豪迈。

浣溪沙·冰峰放哨

放哨冰峰已二年，四时都把厚衣穿。笑迎风吼雪飞旋。　　天上虽然云雾绕，心中自有月儿圆。常吟故土百花鲜。

张鹏飞

弄　潮

黄河九曲向东流，激浪淘沙总未休。
铁锁千年沉水底，华轮万里弄潮头。
狂风骤雨焉能阻，化险扬帆有远谋。
瀚海茫茫灯塔在，五洲刮目看龙舟。

梦忆西军电战友

子夜三秦入梦乡，燃烧岁月又回望。
冬晨操练寒风烈，夏夜攻坚阵雨狂。
立志戍边怀九域，求知若渴饮三江。
难忘最是同窗友，喜讯频传挑大梁。

天河一号计算机夺冠

国防科技大学研制的天河一号计算机二期系统，在第36届世界超级计算机500强排行榜上位居第一，有感而作。

奥尔惊奇捷报传，老夫夜半喜难眠。
天河超越美洲虎，科大荣登强榜巅。
异构编成千苦得，自研芯片十年攀。
摘金更有炼丹志，辈出英才万万千。

张福增

摊破浣溪沙・赞海空雄鹰

舰上雄鹰出海龙，翱翔直上九天重。为保国防成永固，赛雷霆。　　昼夜精飞勤苦练，一朝遂愿舞长虹。搏击风云神赫赫，傲苍穹。

清平乐・六国反恐军演

斩魔长剑，多国天兵战。霹雳战机声去远，大炮轰隆火焰。　　取争要点包抄，地空追击防逃。夺志攻心是宝，六邦军演自豪。

张德祥

我国核试成功五十周年咏

一

核武回眸五十年，请缨将士聚银滩。
数行别泪负情侣，三顶帐篷亲马兰。
芟草为营天外阔，淬冰成剑鞘中寒。
勋章佩戴归南亩，整顿史诗劳笔端。

二

哀兵鏖战四周山，硬骨撑持矜百蛮。
马快嘶风惟浩浩，沙荒无鸟唱关关。
成批装备军威振，枵腹驱驰国步艰。
脱却征衣观后劲，凯歌频奏慰苍颜。

三

旌旗十万卷黄尘，旧事萦回勾梦新。
塞上英雄强国志，胸中远略太和春。
为民流血不流泪，创业树风犹树人。
未了情缘怀战友，天涯地角雁书频。

张鹤驭

排雷专家王百姓[1]

生死存亡一瞬间，几多性命紧相牵。
义无返顾闯风险，隐患消除写壮篇。

注：① 排雷专家王百姓，曾排雷15000颗，不知多少次与死神擦肩而过。

张耀佩

司号兵

一

沙场先锋司号兵，英姿矫健佩红缨。
莫言小鬼身三尺，号令千军万马行。

二

号角胜于偃月刀，声声阵阵起狂飚。
敌人震慑心魂碎，勇士喜闻胆气豪。

沁园春·忆核试

西望天山，孔雀河边，大漠一端。看楼兰白雪，风尘滚滚，人烟梦断，罗布昏天。夜黑难眠，沙滩露宿，一代英雄苦若甜。决心下，任尔荒凉甚，壮志依然。　　齐攻核技尖端，巧引爆，蘑云万丈天。听场区内外，欢呼一片，歌声震耳，起舞翩跹。热泪千行，心头万语，梦里情怀上笔端。沧桑变、弹星今在手，不惧魔烟。

张耀恒

建军节抒怀

在握长缨缚虎人，凌烟阁上听龙吟。
将军百战刀还在，若个倭夷敢近门？

题吕正操将军建昌抗日

横刀扼腕向天歌，血刃倭敌百战多。
假若如今烽火起，将军可使到凌河。

邵　星

回眸海军六十年

脱下陆装换海蓝，弹指一挥六十年。曾乘渔船去巡海，又驾炮艇战敌船。难忘东海打伏击，快艇击沉“太平”舰。而今战舰航四海，威武雄壮美名传。更有国际责任重，破浪护航亚丁湾。新人新装新技术，海空一体保平安。抚今追昔大变化，老夫欣慰心中甜。

重上梅岭感赋

重上梅关岭路悬，心潮澎湃忆当年。
徘徊丘壑寻残垒，踯躅林间访洞天。
难忘偏师鏖战日，常怀陈帅好诗篇。
年年枫树飘红叶，风骨铮铮史永传。

读《红叶》诗词

瑶章惠寄感苔岑，旦夕吟哦启迪深。
格律流传仍仿古，诗风转变已从今。
骚人雅士题佳句，白雪阳春播好音。
军旅由来多俊杰，贤才辈出聚枫林。

邵希达

读《将帅诗词选》感赋

将帅胸罗百万兵，同披肝胆筑长城。
沙场亮剑锋无敌，家国萦怀句有情。
旋转乾坤酬壮志，激扬文字记征程。
诗能传世何妨少，光照神州一代英。

邵德库

水调歌头·黄河

问尔几多岁？万里共风烟。不知原上涓细，何以汇狂澜？蓄势高湖劈岭，蕴力中流遏艇，激荡起惊湍。大漠直烟处，几度夕阳圆。　　雷霆震，蛟龙怒，走平川。历经九曲，培育华夏是摇篮。浪涌沧桑岁月，涛卷英雄豪杰，往事壮华篇。欲逐汤汤去，赴海挂云帆。

陆　恂

秋登黄崖关长城

苍龙起伏耸雄关，陡峭层峦红树间。
雉堞楼台连塞漠，营盘兵甲化尘烟。
戚军计摆迷魂阵，倭寇尸留陷马滩。
健步登高舒远目，晚霞如火映秋山。

赞北空地空导弹兵某师

不畏风霜不畏难，京华战士手操盘。
英雄辈出功勋著，利剑威扬斗志坚。
报国矢忠添虎翼，卫民流汗守燕关。
铁拳紧握金汤固，天网飞龙敌胆寒。

陆　原

浪淘沙·松骨峰之战

草木已凋零，松骨丘峰。联军每忆尚心惊。世界王牌埋葬地，狼藉尸横。　　吵骂白宫庭，麦克无能。纸糊老虎露原形。三十八军称“万岁”，彭总提名。

陆会江

忆秦娥·帽落山战斗

雄师到，敌军丧胆头尾掉。头尾掉，丢盔卸甲，惊弓之鸟。　　白宫杜氏心烦恼，慌忙换将弹新调。弹新调，醒狮可怕，真是难料。

渔家傲·汉江五十昼夜防御战

昼夜五十防御战，我军坚守江南岸。鬼子猫腰来进犯。何可撼，败逃尸弃横山涧。　　勇士精神人赞叹，饼干炒面雪吞咽。上下同心合力干。英雄汉，毙伤俘敌超一万。

陆伟然

蝶恋花·抗美援朝

跨出国门风雪涌，回望河山，肩上枪高耸。忍看硝烟熏麦垄，飞身步步添神勇。　　抗御豪强欺世众，参战朝鲜，命运相依共。血火纷飞山撼动，荣归难解心沉重。

铁道运输难顺畅，桥上乌云，炸弹纷纷降。弹片横飞河激浪，修桥转瞬成原样。　　百里途程穿火网，有我铁兵，路似钢坚朗。炮弹前方争鼓掌，雄师威武谁能挡！

陈　翊

水调歌头·纪念抗美援朝60周年兼怀黄继光烈士。

正建新中国，战火起邻邦。太平洋岸一角，出了野心狼。竟把迷人橄榄，换作杀人钢炮，弹片溅我疆。唇齿相依永，岂可任猖狂？　　神州怒，鸭绿沸，慨而慷。上甘岭役，英杰胸口堵机枪。壮举神惊鬼泣，青史光流彩溢，万古姓名香。回首风云处，豪唱“气昂昂”！

陈　然

谒柳直荀纪念亭

血染丹青遗恨天，“左倾”荼毒自相残。
今瞻劲柳和曦蔼，浩气依然天地间。

贺老总在新沟镇

品　烟

白铜烟斗火儿妍，贺总频将丝叶添。
莫看眼前星火小，苏区红焰漫天燃。

戏　水

荆水河滩笑语喧，军民击水闹翻天。
贺龙仰泳朝天笑，不负军机半日闲。

饮　马

鏖战归来不下鞍，征尘未洗兴犹酣。
荆河饮马回头望，革命人生才启端。

陈　雄

游北京平谷挂甲峪

扫却狼烟挂甲归，六郎立马早扬威。
涓涓洵水弹弦月，灼灼桃花点翠微。
复式楼台居农户，半山宾馆敞门扉。
诗人结伴来为客，把盏挥毫意兴飞。

陈　熹

登角山长城

苍茫景色万人看，起伏群峦矗角山。
古道蜿蜒凌绝顶，长城险峻卫雄关。
孟姜怨曲千年唱，戚帅威名百代传。
四野挥军南下日，山河一片换新颜。

致友人

星沙一别春秋去，东北西南两地留。
资水潺潺寒夜苦，洞庭渺渺少年愁。
情豪语壮天心阁，梦绕魂牵岳阳楼。
范相名言犹在耳，共君后乐与先忧。

陈之中

忆行军

一

剿匪追踪月渐沉，翻山越岭倍劳神。
眼皮打架饥连渴，艰苦当前不顾身。

二

一路风尘至普宁，时逢除夕已三更。
枕戈檐下迎元日，群众争夸子弟兵。

参观抗美援朝纪念馆感赋

参观展馆涌心潮，重见当年战火烧。
卫国保家辞父母，援朝抗美跨江桥。
飞机大炮何须惧，小米步枪当自豪。
浴血艰辛赢胜利，英雄儿女立功劳。

陈义科

服役铁道兵

执锐披坚铁道兵，开山辟路作先锋。
钢钎砸地坚冰破，枕木铺基战道通。
辽沈嫩江曾驻马，塔河盘古又安营。
如今建制虽裁撤，已立丰功史册铭。

大兴安岭筑路

斗车装石下高坡，放轧飞驰快似梭。
扎寨军威驱虎豹，惊天雷炮震山河。
千年古岭人烟杳，原始森林荆棘多。
小憩风餐才举箸，长虫飞鸟眼前过。

读《律诗写作九忌》有作

凝然抚纸叹才疏，顿挫抑扬平忌孤。
已恐修辞成合掌，还防对仗出偏枯。
遣词造句神思荡，择韵调声日月输。
九曲黄河虽有阻，克难奋进变通途。

陈长根

贺舰载航空兵组建

中枢帅帐令旗行，碧海雄鹰列阵雄。
疾速起飞真给力，平安降落也从容。
穿云破雾凌空外，格斗歼敌巨浪中。
战略转型新跨越，海洋强国梦初成。

歼—15舰载机顺利着舰

空中骁杰真剽悍，海上腾云任意穿。
滑跃起飞轻似羽，阻拦着舰稳如山。
蜻蜓点水随心掠，燕子凌空着意翻。
航母平台舞姿美，列强惊讶眼睁圆。

陈为松

大爱比海深

大军十万救亲人，铁骨钢筋火热心。
空降拨开迷雾重，步行跨越塌方频。
废墟堆里寻希望，余震声中奏捷音。
动地感天多少事，无边大爱海洋深。

沁园春·走进绍兴

古越今朝，历尽沧桑，誉满八方。望稽山圣迹，殿碑雄伟；鉴湖净水，兰酒幽香。示儿名篇，秋风绝笔，一脉氤氲铸大梁。千年里，乃钟灵毓秀，处处流芳。　　创新驰骋翱翔，喜继往开来好主张。那柯桥开放，繁华锦绣；未庄巨变，鲜活安康。逸少挥毫，青藤泼墨，难绘腾飞之气昂。新程起，正焕发魅力，劈浪先航。

陈右铭

鹧鸪天·纪念中原突围六十周年怀念中原父老乡亲

鱼水情深久不忘，乡亲父老助军忙。细粮好菜充军用，淡饭粗茶自己尝。　伤病救，胜爹娘，衣鞋缝制御寒霜。艰难困苦凶顽斗，踊跃参军打虎狼。

赞守礁将士

汪洋一片望无涯，点点云帆染紫霞。
南海茫茫连北海，西沙漠漠接南沙。
礁前浪急鸣天鼓，耳畔风狂奏玉笳。
坦荡情怀天地阔，枕戈待旦岛为家。

陈世文

露营滹沱岸

冰封滹水雪封山，夜卧坎沟蒿棘间。
顷刻千军人影逝，一弯清月照胸前。

陈世彝

清平乐·入伍

漫天大雪，队伍长街列。老父送儿情更切，挥手依依惜别。　军车奔向前方，钢枪书写荣光。叮嘱时时牢记，看儿喜报回乡！

清平乐·退伍还乡适逢三等功喜报至家

故乡在望，犹把征程想。惊讶农家新气象，能不心花怒放？　突闻锣鼓喧天，彩旗早到门前。连长高擎喜报，双亲忙敬茶烟。

一剪梅·入社抒怀

卸甲离鞍四十春，告别征尘，再续征尘。攻关传道苦耕耘，桃也缤纷，李也缤纷。　晚岁荣登红叶门，昔日从军，今又从军。年高笔纵志凌云，心系军魂，诗系军魂。

陈永寿

陈云同志飞马保南满

冰雪欲吞长白山，临危受命破难关。
北拉南打宏图定，内守外攻军令传。
剿匪增拨炊事伍，攻坚加调警通班。
沉舟破釜同心干，雾散烟消天蔚蓝。

陈永康

送战友下连

今日送君上征途，边关万里是熔炉。
来年重任担肩上，处处频传报捷书。

硬骨头六连颂

人道世间钢铁硬，六连铁骨更峥嵘。
枪林炼就英雄胆，糖弹磨成利剑锋。
胸有朝阳明事理，身无杂垢抗妖风。
全军皆学标兵样，柱石弥坚矗碧空。

军车行

迷彩靓，马达鸣，平生尤爱军车行。我爱高山大漠敢穿越，我爱炮火硝烟伴踪影，我爱救灾抢险走在前，我爱辉映日月星。

春日寻访西南郊，快步直奔汽车营。楼房座座焕然新，操场宽阔绿阴浓。铁马排排昂首立，坑洼弯道惊险呈。更有辛劳驾驶员，英姿飒爽笑脸迎。引我参观荣誉室，细品惊叹辉煌景。

车队诞生烽火里，白山黑水留辙印。山海关下匆匆过，海河清波洗征尘。党中央离西柏坡，千里迎运进北平。铁马金戈长江渡，琼州海峡显威风。轰鸣马达未熄火，抗美援朝又出征。西藏平叛走高原，边境作战历精兵。支援建设多贡献，亚运奥运立新功。

言未已，闻哨音，紧急集合迅如风。上级交下新任务，犹如泰山急压顶。海外救援不容辞，“维和”须向赤道行。

结伴来到演兵场，幕幕活剧显峥嵘。先迎外国考察团，再悉外语异国情。更有战前大练兵，你争我赶求过硬。

又是雨，又是风，继而冰雹袭有声。能见度，只几米，崎岖路，多泥泞，驾驶室，闷如笼，疲惫提神嚼辣椒，风油精醒脑驱蚊虫。干部率先以垂范，“跟我来！”一声有神通。

依依惜别踏归程，心中雨后升彩虹。国威军威何处觅？请看今日军车行。

陈必如

陈士榘将军首捉日军俘虏[①]

平型大捷倭寇乱，豕突狼奔火烧肝。散兵龟缩广阳镇，撞进八路伏击圈。负隅顽抗拒缴械，神勇震怒烈火燃。儒将孤胆潜虎穴，生擒鬼子敌营寒。抗战首俘军心振，将军事迹美名传。

注：① 1937年平型关大战期间，时任一一五师三四三旅参谋长的陈士榘亲自抓的日本俘虏，是抗战时八路军抓到的第一个日本俘虏兵，名叫加滕幸夫，系日军第二十师团第七十九联队辎重兵军曹。

如梦令·忆渡江

击浪千帆摇橹，弹雨激流无阻。隔岸起风雷，惊煞盘龙踞虎。　争渡，争渡，直捣黄龙宫府。

陈扬清

［双调］沽美酒兼太平令·雨中西湖

一幅泼墨图，岸柳绿烟浮，万顷平湖飘细雨，新荷跳珠，娓娓心曲谁诉。　山远近乱云遮幕，路横斜寺接天竺，亭错落游人憩步，树参差滴翠新竹。老苏，老逋，老蒲[①]，今天可有新词赋。

注：① 指苏轼、林逋、蒲松龄。

［中吕宫］山坡羊·红叶赞

军中红叶，歌吟情切。新声旧韵霜晨月。挂征靴，未休歇。沸腾往事从头越，崛起中华浓墨写。身，坚似铁；心，丹胜血。

陈光伟

访新义州

六十年前战火稠，援朝抗美忾同仇。
豺狼尸积黄草岭，炸弹烟笼新义州。
自古妖魔灾必灭，而今百姓乐无愁。
断桥江上留遗迹，后代毋忘分国忧。

陈旭榜

渔家傲·忆部队长途野营拉练

1970年冬，部队长途野营训练，行程一千余里，在延安地区驻训。

徒步行军冰雪里，长途奔袭刀磨砺。露宿风餐何足畏，人声沸，前头到了延安地。　　宝塔山前传统忆，枣园窑洞灯光炽。宜瓦现场温战例，齐奋起，发扬先辈英雄气。

瞻仰郑成功巨型雕像

扬眉按剑挺雄姿，极目烟波有所思。
为固金瓯收宝岛，千军破浪逐荷夷。

陈廷佑

如梦令·187师战友邢台聚会有寄四阕

听到招呼旧部，心跳忽然加速。买票赴邢台，都是匆匆脚步。休误，休误，战友重逢最酷。

认得当年那路，泪眼终须忍住。同是过来人，且把知心话吐。怀顾，怀顾，恰在秋收寒露。

曾带豪情入伍，奉献青春全部。无悔忆华年，手抚军营老树。甘苦，甘苦，都是人生财富。

各有当年风度，白发何须细数。谈笑对夕阳，多少人生感悟。抓住，抓住，莫让晚霞贻误。

陈冰清

江城子·归队

军中急报起硝烟。马当前，箭离弦。风卷旌旗，受命戍陲边。壮士胸怀家与国，云浩瀚，浪滔天。　　空阶滴雨晚庭轩。夜难眠，展柔笺。孤影寒灯，泪眼写诗篇。自古两难忠与孝，儿且去，母心坚。

陈序生

赞独臂英雄丁晓兵

少小从戎气若虹，身残志壮建奇功。
明荣斥耻呕心血，守纪遵章卫国忠。
敬业维艰弘正气，家风俭朴颂英雄。
喜看细柳添春色，猎猎军旗色更红。

陈丽华（女）

鹧鸪天·坐公交车接受让坐

挤上公交汗未停，才扶把手见雷锋。披肩长发飘如瀑，耀眼新衣似火红。　　音袅袅，笑盈盈，阿姨您坐响如铃。冰城腊月真温暖，洒满车厢都是情。

陈延楼

登山海关

雄关卫国历沧桑，入海龙头带剑芒。
身畔犹听金鼓响，眼前似见宝刀光。
将军怒发戮强虏，壮士冲冠杀虎狼。
远望东瀛云雾锁，居安防贼岂能忘。

陈秀玉

卜算子·赞教师

三尺讲台前，日日撒甘露。桃李枝头蓓蕾红，含蕴园丁护。　　燃尽热和光，照亮他人路。学子八方喜报传，热泪盈双目。

陈辛火

纪念魏传统将军诞辰一百周年

延安圣地初相识，会晤京城敬仰添。
戎马一生多奉献，德才兼备满吟笺。
诗篇留得心声在，墨宝长存天地间。
缘结文坛今集会，追思魏老意绵绵。

怀念女将军李贞同志

噩耗传时共震惊，追思教诲忆平生。
昔年转战随麾下，盛世辞灵恸女英。
两袖清风称表率，一身正气著贤声。
浏阳河水声悲切，晋冀群山仰故情。

陈茂毅

赠老一辈援疆建设者二首

慷慨辞家万里行，黄沙绿浪寄豪情。
关山西望心如铁，儿女何须唱“渭城”。

岁月峥嵘五十年，喜看戈壁变田园。
相逢共话开荒事，对酒当歌气浩然。

陈昊苏

赠新四军研究会

大江南北聚雄师，再造神州正义持。
云岭高歌东进日，盐城浴血整编时。
华中前敌艰难史，抗战铁军胜利诗。
万里河山收半壁，人民解放竖红旗。

颂新四军

丹心青史两辉煌，抗战春秋日月长。
叶项刘陈宏略展，江淮河汉胜旗扬。
铁军勋业传中外，烈士威名动四方。
敌后华中根据地，长城万里著荣光。

陈明信

临江仙·缅怀红二师

驰骋宁乡歼白匪，何辞鏖战千番。横刀立马震中原。硕勋垂史册，浩气薄云天。　　无畏精神昭后世，英雄奇迹流传。缅怀先烈志弥坚。三湘舒画卷，翰墨笔如椽。

陈明强（女）

长相思·为地震遇难同胞送行二首

爱汶川，痛汶川，警笛长鸣人免冠，国殇旗半悬。　千纸鸢，万纸船，银烛黄花大路边，送行泪不干。

春正妍，意正酣，奥运升温圣火传，无情唯老天。　毁家园，建家园，遗老遗孤保平安，行行莫挂牵。

沁园春·后勤学院六十华诞

鼓乐齐鸣，高唱军歌，喜聚北京。忆沧桑岁月，前人奋斗，同舟风雨，后辈传承。创业艰难，丹心执着，三撤回生更有情。今欢庆，看将星灿烂，硕果丰盈。　决心再展雄风。践训令教研方向明。倡名师严教，一流特色；人才为本，几代殊荣。众志成城，履行使命，学院腾飞士气浓。迎旭日，树凌云壮志，续写精忠。

陈法僧

诉衷情·退休五周年咏怀

少年报国即从戎，解甲步难停。夕阳依旧瑰丽，壮志促前行。　勤翰墨，乐躬耕，利名轻。养身修性，诗画陶情，享受人生。

陈国琪（女）

江城子·相伴

金婚已过乐悠然，倏忽间，鬓霜斑。举案齐眉，相伴享天年。习字读书玩电脑，同谱写，夕阳篇。　曾经往事苦与酸，两心丹，白云间。笑对人生，絮语解忧烦。愿得来生重聚首，还共度，艳阳天。

陈顺平

哨　所

山高路险少人烟，戴月披星迟入眠。
风吼哨楼旗影动，雨施边寨鼓声传。
常寻马迹蛛丝看，总把民情士气研。
自古边关家国事，平安犹系匹夫肩。

陈泉辛

春日回乡

赤壁萦怀旧梦长，春风伴我到隋阳。
家山已改陈年貌，田野新披碧绿装。
栋栋小楼遮茂树，茫茫竹海映斜阳。
族人相见奶名唤，处处亲情入梦乡。

春日沱江泛舟

一江流水碧悠悠，两岸青峰隐竹楼。
苗寨山歌关不住，也随春色到船头。

陈莱芝

忆与日军拼刺刀

太行霾雨砺锋刀，痛击倭奴慑叫嚣。
正是我军能死战，阵前喋血已如潮。

白头吟

诗赋千篇吟古今，风云叱咤不重临。
峥嵘岁月征途远，往事频回梦里春。

陈振文

儿童团长的回忆

闪闪红星五尺枪，守村设卡自称王。
军情十万鸡毛信，烽火八千刘老庄。
放哨高擎消息树，探营巧卖桂花糖。
如烟往事难忘却，依旧惊魂在梦乡。

陈家新

《红叶》诗刊咏

秋满西山枫似火，群芳争艳动三军。
水兵偏爱波涛涌，哨所独钟边寨吟。
虎啸桦林歌盛世，龙盘营帐壮昆仑。
红霞万朵桑榆暖，同谱华章劲旅魂。

陈联章

浣溪沙·喜迎上海世博会

戊子欢呼长梦圆，庚寅又结百年缘。中华盛举喜连连。　海宝恭迎天下客，明珠高照五洲帆。玉兰绽放靓人寰。

粟裕将军在豫东战役中

苏中七捷美名扬，逐鹿中原识见长。
据利陈情怀韬略，寻机用武有良方。
古城攻克军心振，败将生俘敌胆丧。
胜利空前垂史册，迎来决战更辉煌。

贺汤聿文同志《只为红旗飘万代》问世

总角萦怀救国心，无形战线建奇勋。
离鞍犹有千思志，余热生辉育后昆。

陈新民

军嫂情

春风习习伴轻霞，芳草萋萋接海涯。
怀抱婴儿初解语，手机万里送咿呀。

蝶恋花·送夫归队

春晓送君归岛急。杨柳依依，纤草连天碧。北雁遥飞江畔立。云天恨不生双翼。　海上风高兼浪激。国事军机，岂恋私情密。来电天涯聊胜笔。耳边切切芳心溢。

辞母从军二首

膝下儿男出远门，初辞霜鬓老娘亲。
边陲大漠御风雪，凭得梦中慈母温。

女儿十八喜从军，老母临歧理翠巾。
此去天涯千万里，小囡总是梦中人。

陈德政

大戈壁精神歌

核爆效应过多年，梦中往事浮眼前。任务神圣心中乐，只能铭记不能言。选题论证肩重任，科技创新勇争先。试验动物选养好，忍饥挨冻也心甘。孔雀河边营盘扎，苦水沙饭日三餐。惊雷就是冲锋号，暴雨骄阳不畏难。蘑菇云下结硕果，戈壁精神代代传。

浪淘沙・芦苇

戈壁黄沙滩，孔雀河边。连天芦荡傲霜寒。苦斗风沙仍挺立，大漠奇观。　　两弹染红天，探秘群贤。蘑菇云下战犹酣。割苇苫房搭地铺，睡梦香甜。

纵精国

怀念周总理

高山矗立海天宽，一代伟人才识渊。
沥血为民情切切，宵衣勤政意拳拳。
朋友四海扬华夏，声望全球抗霸权。
十里长街万民泪，丰碑永在代相传。

武立胜

临江仙・野山宿营

日下西峰人欲困，宿营号响林梢。行军灶垒半山腰。泉鱼泉水煮，野兔野柴烧。　　暮霭沉沉风细细，梦中犹枕钢刀。一身虎胆气冲霄。任它天暗暗，我自马萧萧。

山中拉练

影跃青峰里，旌旗猎猎飘。
潜形披雨幕，解困卧松涛。
脚绊林中兔，衣牵棘刺梢。
回眸遥望处，歌绕半山腰。

卜算子・忆母送我参军

知我把军参，最是吾娘喜。邻舍雄鸡未报晨，娘已悄悄起。　　送过小桥东，又送三十里。整罢军衣手抚肩，泪作倾盆雨。

武应基

［正宫］塞鸿秋·中国空降兵

纵身一跳云层上，穿雾十里定点降。神兵落地呈光焰，孤岛灾民生命线。灾区情况查明，救助决策果断。立誓遗书成史卷，谱就一曲英雄赞。

武俊哲（女）

井冈山感怀

八角楼前追往事，茅坪河畔溯清源。
初心不忘根基稳，传统常思信念坚。
固本铸魂兴大业，强军聚力续新篇。
罗霄山脉星星火，继往开来代代传。

武儒海

读部队战史

遍踏神州日，新营桐柏山。
排洪频抢险，蹈海几冲关。
壮士闻鸡舞，虎贲待命颁。
雷霆施号令，金甲汗盈斑。

范传新

远观“使命行动——二〇一〇”跨区大演习

鹰扬骑啸千军动，楚水燕山次第迎。
将演奇谋秋雾暗，士耽绝技晓星明。
攻防又现新生面，格局多非旧日型。
顾我战袍常不洗，唯求天下庆升平。

夜宿边关

栖迟皓月冷千山，枪影横斜映雪寒。
哨所无言风有信，片时不误报平安。

范志曾

筑路唐古拉山口

五月狂风锁雪山，威严雕像矗山巅。
路如血脉连汉藏，民族和谐家国安。

老兵情二首

青春无悔戍轮台，解甲柳营难忘怀。
今日海疆风浪起，冲锋号角梦中来。

边关戎马退休来，诗韵词章任意裁。
烽火连天常入梦，丹心卫国是情怀。

范诗银

水调歌头·过山海关

灯火流沧海，星月挂关楼。合应画角声断，入梦是辽州。记得宽袍新甲，未览罗城阵谱，遑认老龙头。来去一弹指，四十几春秋？　入关志，出关意，问班侯。寸心肝胆，何论后乐与先忧。潮卷接天云脚，风送分襟帆色，不废古今眸。青史留名处，鸿迹着金瓯。

鹧鸪天·雷锋笑容

参观辽阳雷锋纪念馆，归来灿烂笑容时入梦中。

弯月依依畅畅风，归人此夜梦应同。弓长岭下汤河水，万古辽东第一峰。　辉自洁，影欣从。相知相忆未相逢。也分天下三分乐，写上心碑是笑容。

渔家傲·寄语潜艇出海

巨浪摇空沉霹雳，长风吹雨乱云疾。千里孤边鸣铁镝。呼声急，流光明灭分金戟。　待令枕戈期鬼楫，悬浮坐底听鳌泣。又在天涯看落日。无穷碧，旗翻潮涨归飞翼。

范德甫

喜闻“歼十”编入空军序列

雷鸣电闪啸长空，禹甸尧天腾玉龙。
披雨撕风称利器，驱狼逐虎作先锋。
强兵应拥高科技，卫国须持新阵容。
喜见军徽辉碧宇，安居勿忘挽雕弓！

林　平

喜读《海天轩吟草》

——致老友徐国权

读君吟草海天词，浮想联翩忆昔时。
童趣荒坟宵觅鬼，鹭滨夜月醉谈诗。
寓京文革评酸辣，旅美华章羡琐思。
披卷犹如相晤叙，白头依旧老书痴。

鹭滨夜月醉谈诗

常忆当年建国初，厦门驻戍倍心舒。
军临跨海追穷寇，志壮凌烟欲画图。
周末喜暇欣对酒，鹭滨吟月傲双儒。
雄风鼓浪抒胸臆，如是青春憾也无。

林　涛

忆蚊尾洲候船

太平洋上一沙洲，云涌风抟浪撼楼。
昼夜不分天与海，军情似箭梦飞舟。

回大万山观通站

一

攀登绝顶又相逢，战友情怀老少同。
六十春秋瞬间过，今朝喜见万山红。

二

又见雷达云彩间，巍然屹立察风烟。
不分日夜保家国，海碧蓝天皓月圆。

林　峰

忆四平战役

铁城鼙鼓动天声，十万神兵意气横。
炮震楼头新月暗，刀寒岭背大旗明。
眼前芳草随云碧，身后黄沙带血倾。
四战至今人在否，疆场纵马尽群英。

五指山革命根据地

山如五指插晴霄，缥缈群峰积翠遥。
仙掌烟凝霜露白，鹤林日涌火云骄。
弓张满月辉青嶂，旗领长风唤夜潮。
又见春来南海上，琼芳万点下清寥。

林　谦

怀念萧克同志

将军浴血战罗霄，湘赣江边赤旆飘。
万里硝烟甘陕会，十年烽火冀热辽。
京津解放长江渡，粤桂歼狐铁臂摇。
武略文韬功卓著，红山学府育英豪。

悼史进前同志

金秋白露冷风高，跨鹤仙游上碧霄。
戎马一生驱虎豹，身经百战赤旌飘。
老年书画添银发，红叶诗词寄语遥。
正气浩然照日月，鞠躬尽瘁一英豪。

林从龙

七七过卢沟桥

烽火卢沟迹已陈，长桥风物焕然新。
东邻未必妖氛净，忍拂残碑认弹痕！

登山海关城楼

海岳雄奇接两间，苍茫浩气贯人寰。
心随巨浪高千丈，足踏长城第一关。
雁塞湖飞双索道，秦皇岛泊五洲船。
古来生死交锋地，翻作千秋画卷看！

林发祥

渔家傲·忆东海救渔①

夜黑风狂求救急，一声令下出弦疾。顶风劈碎狂浪级。鹰眼集。五条沙外苏东域②。　横队艇群如耙地，莫言海涧难寻觅。救起渔兄心喜极。追往昔。护民守土行天职。

注：① 1959年春夏，一个晚上，舟山基地登陆艇大队接到紧急出海令。海上九级风浪，有渔民在苏北外海遇险。② “五条沙”乃苏北东海底有五条与岸平行的沙脊，渔民俗称该海域叫五条沙。

浪淘沙·谒林觉民烈士故居感怀①

意洞故居前，碑刻庄严。黄花血染色更妍。首举广州虽失败，后继千帆。　遥念昔时贤，风雨几番。愈挫愈雄骨弥坚。唤起工农千百万，终有今天。

注：① 林觉民，字意洞。广州起义失败，林觉民等七十二烈士葬于黄花岗。

林希活

望海潮·参观瑶岗总前委驻地有怀

寻常村落，普通民舍，当前发出惊霆。飞弹裂空，奔舟破浪，雄师直捣金陵。顽敌慑天倾。继摧枯拉朽，湔尽膻腥。瑶岗风雷，谱成开国、壮歌声。　　行行，景慕遗馨。似川音绕壁，睿智充庭。追忆旧勋，前瞻伟业，撩人感慨难平。天下赖澄清。又宏图如画，恢拓云程。几度浮沉乱世，无愧对苍生。

林洪枢

追忆陈赓大将

东海归来马未停，松花江畔建军工。
尊师应念寒窗苦，重老毋忘铁索横[①]。
两袖清风居陋室，一身正气树高风。
将军本色为人杰，千古频传敬仰声。

注：① 陈赓院长主张并坚持“两老办院”方针，他指出“老干部有两万五，老教授也有十年寒窗苦。”

欧阳鹤

赏海棠怀周总理

中夜羸身独醒时，西花厅外发千枝。
海棠依旧公何在?碧水丹山寄梦思。

乙未迎春

米寿初登智未昏，新闻一读一回新。
兴邦大计横空出，蛀国贪官落马纷。
阊阖天开尊北斗，珠玑玉振奏南薰。
老夫岂是歌功派，喜到由衷唱不禁。

焦桐赞

春风一路引琴弹，绿野葱葱草木繁。
改土已臻人致富，造林终得树摇钱。
无私公仆拼肝死，有幸焦桐以姓传。
矢志为民民誉在，前贤遗范仰高山。

欧宜准

石鼓镇顶峰村

透迤石径绕奇峰，秀水明山春意浓。
雾锁芳林啼翠鸟，云横绝壁立青松。
一帘新景桃源里，万叠晴峦彩画中。
谁道此间机遇少?东风化雨惠三农。

欧阳瑞林

海上大阅兵

六十春秋建设忙，阅兵庆典展辉煌。
时新舰艇英姿显，善战官兵器宇昂。
多国海军同检阅，和谐友谊共风光。
流言最是“威胁”论，我自维权卫海疆。

遥祭抗日英雄神炮手李二喜①

抗日英雄含笑去，威名业绩永留芳。
世人长念神仙炮，鬼子“军花”落太行。

注：① 报载，抗战中曾在太行山以两发炮弹摧毁日军指挥部、击毙日军中将阿部规秀的李二喜同志，病逝于韶关市粤北人民医院，享年89岁。

郁善伟

浣溪沙·空战纪实

道道银光射太空，晴天顿地出飞虹。佩刀来袭遇英雄①。　米格起飞迎敌寇，一声霹雳震苍穹。美机坠海倒栽葱。

注：① 佩刀式是美战斗机F-86。

杲仁华

诗　缘

一从换岗选学诗，夜夜推敲不自持。
访友拜师求雅韵，翻书上网觅新词。
挥毫寄语惜贫弱，借景抒情歌爱慈。
仄仄平平常伴梦，吟声高处宛如痴。

明安全

赤　壁

风和日丽荡轻舟，几度黄冈赤壁游。
一栋雪堂传万代，两篇华赋耀千秋。
亭前翠竹吟三友，石上寒梅香九州。
我羡眉山苏学士，文章气概足风流。

易 木

谢函授导师李翔严改作业

作业批回细细研，滴滴心血润秋园。
茅塞顿开心明亮，从此学诗不畏难。

易 行

参观通信兵陈列馆及通信兵营房（选二）

纵然围困万千重，我有神通耳顺风。
预知蠢蠢敌行动，先手为强战必赢！

仰望王诤像似真，丹心尽献铸国魂。
电波亦解将军志，总以实情助战神。

乙未正月与军旅众诗友重走卢沟桥有感二首

岁月匆匆似水流，一桥横跨近千秋。
风来犹带八年恨，云走难消两世仇。
逐日已随夸父志，强军更解杞人忧。
长城万里如山立，不怕天塌压九州。

中华岂可忘卢沟，五百雄狮共一仇。
鲜血曾流千万里，旧伤已痛数十秋。
富国我等无旁贷，御外军们有远谋。
圆梦天天说速度，复兴指日到楼头！

易 淦

咏《红叶》

一

军旅匆匆岁月稠，歌吟结社亦风流。
西山红叶红如火，火向人欢鬼见愁。

二

闲老难闲军旅情，思今察往踏歌行。
春芽夏叶秋来艳，一树奇葩绽柳营。

浣溪沙·老兵吟

风暴前头海燕飞，长空搏击彩虹垂。金戈铁马守边陲。　　眼见新人兴故国，机敲云水察风雷。梦吟打靶夕阳归。

易光武

天山放哨

踏雪立云巅，心浮万壑烟。
雁惊知雾重，林乱感风喧。
拔剑辉霜月，摘星明素丸。
关山亲欲搂，大爱淬刀尖！

军嫂情

性喜豪雄慕剑魂，荧屏邂逅识知音。
飞鸿有翼情怀诉，花烛无声别泪噙。
沐雨栉风锄晓雾，将雏扶老立黄昏。
情牵边塞千秋月，笑对天涯梦里人。

易海云

圆明园荷花节

诗情游兴满京华，悯物慈心老有加。
断石尚悲含旧恨，残园欣幸赏新花。
常吟荷芰三闾句，每赞芙蕖六月葩。
共谱小康齐献力，清香和美万人家。

罗　辉

忆江南·赠将军学府

一

欣回首，佩剑整戎装。快马加鞭催战鼓，凯歌载舞送归航。岁月慨而慷。

二

情未老，又上演兵场。但用冰心磨翰墨，且将诗笔作刀枪。华发赋华章。

罗少卿

神七问天口号

华夏辉煌日，神舟欲问天。
灵均今若在，旧赋换新篇。

罗昆禾

咏方永刚

授业高台几度秋，解疑荡垢引清流。
军中良骥驰千里，绛帐贤才播九州。
化雨春风功德在，融情润物壮心酬。
榻前抱病频思教，讲稿精深睿智留。

罗建文

江城子・赞都江堰[1]

李冰功绩盛名扬，截岷江，导双廊。淘滩作堰，旱涝保收粮。世界奇观堪赞赏。深敬羡，励图强。

注：① 都江堰于公元前256年秦昭王时，成都府尹李冰父子率众修建，开创了科学治水之先河，至今仍列世界奇观。② 当时治水工程六字诀：深淘滩，低作堰。

摊破浣溪沙・小草

小草深知大地情，离离原上历枯荣。信与东风同步约，发新萌。　不羡高枝攀节上，自强全力播芳馨。默织人间青一片，淡名声。

鹧鸪天・祝胶州湾北桥南隧开通

琴岛交通西向难，青黄隔岸浪涛翻。南穿隧道钻溟底，北架虹桥扬巨帆。　求创业，逮机缘，浦东模式可师传。拥湾发展腾飞起，再谱鸿猷新史篇。

罗继五

登匡庐下榻解放军庐山疗养院

客来仙岩阁，入山览胜幽。匡庐天下秀，名士竞风流。白头行踪密，偷闲结伴游。险境龙崖首，含鄱看十洲。千年三宝树，龙潭入水泅。锦绣幽谷翠，天桥胜迹优。草堂今犹在，花径漫步悠。飞流三千尺，沧海接浮丘。月照松林静，仙人解郁愁。绝顶登临晚，眼观世界秋。东林钟声远，随缘任去留。流连尘世外，心况欲何求？

和中英

临江仙・战友相逢

同着戎装逾五载，时逢比武操兵。摸爬滚打尽精英。庆功双获奖，一别杳无声。　四十二年如一梦，社区奇遇长亭。白头犹记柳营情。三杯难尽兴，畅叙到天明。

季　琛

汶川抗震壮歌

一

方擎圣火，接力传薪；震魔突袭，横祸降临。沙飞石滚河流塞，地裂山崩楼宇沉。停电断炊天地暗，哭爹寻子日月昏。更忧瓦砾埋人众，似听废墟呼救频；信有丹心牵挂我，脊梁挺住盼回春。

二

中枢帷幄，彻夜灯悬；银鹰载义，疾飞汶川。机舱倾泪抒方略，华夏含悲鸣誓言。顷刻雄师十路进，闻风捷足八方援。千帆竞发遵航向，万马齐奔序井然。心系灾民亲历险，激扬豪气壮人寰。

三

人民军队，武警官兵；白衣姐妹，志愿弟兄。涉险扶危无反顾，发扬传统续长征。半分希望千钧力，一命生还万缕情。救死扶伤连日夜，忘餐废寝献精诚。并肩喜见唐山子，接踵请缨百万兵①。

注：① 与我军并肩战斗的有众多志愿者，其中唐山400余人，全国尚有105万人报名请战。

岳如萱

蝶恋花·建国六十周年赋

千古一声楼上唱。地覆天翻，夜尽东方亮。拉朽摧枯横扫荡，乾坤翻转真舒畅。　剩水残山重摆放。炼狱出来，换了新模样。今看西风多惆怅，钓鱼台畔东风爽。

西江月·谒恩格斯故居

两栋层楼耸立，一床机器依然。东风岁岁过房前，老树新枝暗换。　点亮前途灯塔，发凡规律先鞭。甘当影子默无言，永久星光灿烂。

岳学年

悼萧克上将

百岁将军百战多，湘南暴动斩阎罗。
长征转战千山壑，抗日飞驰万漩涡。
解放中原精部署，运筹大略奋挥戈。
德高望重滋红叶，奉献终身誉楷模。

全 江

建党九十周年重读陈毅《梅岭三章》

回眸九十路崎岖，重读华章感事殊。
饮露餐风创伟业，成仁取义换宏图。
愿将镰斧熔肝胆，甘为黎民做仆奴。
借问今朝名利客，心中几许汗颜无？

全长渊

听八一制片厂片首曲怀郑律成

去国心仪宝塔山，清泉汩汩润心田。
深情谱就延安颂，旋律调成太岳篇①。
每唱军歌添壮志，更闻铜号越雄关。
于今一首进行曲，犹励三军永向前！

注：①“太岳篇”指郑律成所谱写的八路军军歌。

周 迈

西北演兵

大漠金秋丽日高，沙场砺剑卷狂潮。
银花点点从天降，飞弹隆隆动地摇。
自古演习多演戏，而今磨志亦磨刀。
硝烟起处欢声起，壮我军威胆气豪。

鹧鸪天·读英雄遗言感怀

空军一级战斗英雄、北空原司令员刘玉堤将军弥留之际，当空军马晓天司令员看望他时，他用颤抖的手写下了遗言——“大大发展轰炸机”。

曾舞云霄唱大风，传奇孤胆一豪雄。拼将血刃歼飞寇，戍卫蓝天挽劲弓。　存浩气，贯长虹，将军宏略蕴于胸。临终几字倾心腑，镇守空疆毋忘攻。

访石家庄陆军指挥学院

一从深院入门宽，三帅巍昂立杏坛[①]。
挥手依然延令劲，扬眉更展陆风严。
悉心重教栽桃李，沥血强师铸铁拳。
熠熠将星播四海，军中名校不虚传。

注：① 进入学院大门正前方，矗立着刘伯承、聂荣臻、叶剑英三位元帅的塑像，他们曾先后担任过这所学校的校长。

西江月·红叶

魂系井冈星火，情融圣地旌绸。凌霜破雾焕新秋，遍染江山红透。　纵遇严冬残雪，何妨夙梦追求。辉煌一叶总淹留，永葆彤彤依旧。

周大鹏

志愿军战歌

高歌一曲忆当年，气壮山河热血捐。
半百年华流水过，豪情仍满我胸间。

周卫东

赞隐蔽战线巾帼英雄黄慕兰

一

浏阳少女胜强男，仰慕英雄改慕兰。
虎穴周旋多睿智，临危几度挽狂澜[①]。

二

置身虎穴履危艰，赤胆忠心可对天。
九死一生无怨悔，堪称我党百科全。

注：① 1931年6月，黄获悉向忠发叛变，迅即报告潘汉年，周恩来同志立即组织李富春、蔡畅等同志安全转移。后还解救关向应等同志脱险。

周书章

喜入《红叶诗社》

此生有幸入枫林，霞映霜天景色新。
我欲传书千里雁，痴情不改向军门。

献给南沙守卫战士

礁盘蹲守伴鸥眠，月小风高恶浪旋。
战士不言清夜冷，繁星犹作彩灯悬。
国碑耸立昭天下，世代传承捍主权。
为有英雄豪气在，海疆万里最前沿。

题朝鲜战场八战友旧照片①

欢乐影留残壁前，临津明日炮声喧。
身辞国去家尤远，心悟唇亡齿亦寒。
无悔青春捐友域，有情耄耋系天南。
回眸浴火同壕日，炒面冷餐心却甜。

注：① 照片摄于1950年12月29日朝鲜前线，突破临津江敌阵地前夕。

周东葵

甲申殷鉴

1944年，毛泽东推荐将郭沫若《甲申三百年祭》一文列入中共整风文件。

六九年前忆整风，识珠慧眼荐郭公。
明王腐朽灰飞灭，李闯骄矜昙现匆。
肆虐国贼终化土，亲民赤子自腾龙。
晨钟暮鼓遗音在，莫做当年李自成。

如梦令·南征途中听播开国大典

闪电迅雷惊魅，峻岭险滩飞腿。最陡桂湘边，石壁攀坑防坠。无畏，无畏！直奔边陲苍翠。

周守和

七一自悟

漫漫人生事事真，勿须赘述勿须嗔。
舰驰北海耕涛浪，甲解南疆护税门。
纵有白丁缠万贯，却钦陶令洁终身。
曾经宣誓紧跟党，不改初衷不染尘。

周民潮

朝中措·梦会牺牲战友

风霜雨雪过村桥，斗志比天高。年少风流人物，一时多少英豪。　　江淮沃野，攻坚阻击，血洒荒郊。梦里滨城欢聚，举杯热泪滔滔。

浪淘沙·志愿军特级战斗英雄杨根思

去国急匆匆，星月蒙蒙。冰寒雪冷过江东。机炮狂轰何所惧，镇定从容。　鏖战怒发冲，气贯长虹。坚守阵地血花红。壮烈献身为抗美，华夏雄风。

周其荣

纪念钱学森

阴风撇去乱云清，始得东临望赤旌。
大漠晴阳燃热火，饥肠永夜注深情。
一星绕地千年灿，两弹横天万国惊。
指点江山豪杰在，神州从此庆升平！

致边防哨所战士

魂牵梦绕是营盘，岂为钱财岂为官。
雨洗界碑风不歇，花开边树夜犹寒。
挺枪岁月男儿勇，向旆胸心赤子丹。
愿得飞鸿长展翼，江河万里搏狂澜。

周荪棠

赞范仲淹捐宅兴学

深居高位体民情，仗义疏财铸盛名。
慷慨捐房兴学府，劳心治国育精英。
今来古往谁为镜，后乐先忧公见诚。
史话千秋留胜迹，力行垂范贯终生。

周爱群

临江仙·致援越抗美战友

长忆硝烟南国起，秋风茅屋山泉。凝眸“鬼怪”啸云天[①]。忠诚欣报国，绿鬓舞青峦。　袍泽情怀生死与，情深似海如山。班师一别几多年。当时轻聚散，再聚梦难圆。

注：① 美国F－4“鬼怪式”飞机。

航母“辽宁”舰入列

劈浪斩波一舰横，俨然海上筑长城。
十年磨砺锋芒出，百载沉浮列寇惊。
苦练精谋赢技术，固疆捍岛御长缨。
旌旗历历征途远，海阔天高万里清。

蝶恋花·谒醴陵左权将军纪念碑

晓月卢沟烽火起，国破家亡，日寇疯狂戾。全国军民同振臂，保家卫国忘生死。　八路军旗辉战史。立马太行，浩气惊天地。血染清漳赢胜利，江山永固忠魂祭。

从军五十年

休来何事最牵情?半纪流光细柳营。
投笔欣然圆大梦，立功长此慰平生。
为酬壮志千番搏，不畏风云万里征。
莫道廉颇今已老，闻鸡依旧起三更。

周培基

《红叶》颂

解甲归田众老兵，骚坛结社续忠诚。
青山廿载层林染，一片红旗猎猎声。

诗篇字字用情深，军旅情怀巨匠心。
国富民强光景美，讴歌时代最强音。

周啸天

延安二首

一篇讲话古来稀[①]，信抵中原十万师。
劝君莫笑秧歌舞，四面楚声为胜棋。

注：① 为毛泽东《在延安文艺座谈会上的讲话》发表70周年 作。

枣园窑洞何历历[①]，想见天倾西北时。
一盏明灯多少夜，曾陪主客话周期。

注：① 1945年黄炎培与毛泽东在延安有一段关于周期率的对话，人称“窑洞对”。

榆林二首

词人兴会更无前，踏雪寻梅天地间。
一笔等闲删五帝[①]，独留魏武著吟鞭。

注：① 1936年春，毛泽东作《沁园春·雪》于榆林清涧县袁家沟。此词发表于重庆谈判后，人称“一笔勾掉五个皇帝”。

红装素裹出冰封，百万银蛇战玉龙。
如此江山谁不爱，福王非与美人同[①]。

注：① 清陈于王《题桃花扇传奇》：“福王少小风流惯，不爱江山爱美人。”

周清印

满江红·雅安大地震救灾英雄礼赞

谁挽银河，冲洗净、废墟腥血？奔蜀道、一声清角，百团集结。铁甲吼开泥石路，伞花怒绽芦山月。救孤婴、断壁掘千寻，呼声切！　　橄榄绿，肩似铁；迷彩服，心如雪。看三军展旆、水鱼情烈。刮骨千刀疗手足，扎营万帐同凉热。待授勋、煮酒话英雄，皆人杰！

周辉华

虞美人·夜登鹳雀楼送神十遨游太空

谁邀玉帝玩牌令，一打同花顺。黄河白日隐山间，遥看东方升起满天星。　　欲穷千里追明月，暂借天宫歇。云栖楼上送神舟，更上一层携手太空游。

周德明

坑道作战

敌我相持战局新，千军万马却难寻。
山岩深处安营寨，听到歌声不见人。

周毅平

新四军老战士重返沙家浜

一

水乡茶馆梦魂牵，鱼水深情血肉连。
昔日疗伤终不忘，人民恩重激心田。

二

阳澄湖畔罩云烟，智勇军民斗敌顽。
芦荡深深藏火种，新生江抗换新天。

三

今日湖乡改旧颜，清清水映碧蓝天。
茶楼喜迓八方客，革命精神育后贤。

郑　岩

雷锋颂

为公常忘我，做事本无私。
闪耀生前迹，流芳身后诗。
全民多敬仰，我辈应深思。
莫道螺钉小，精神万世师。

延安礼赞

陕北高原地，一方明朗天。
朝阳喷薄出，希望在延安。

革命星星火，薪传宝塔山。
镰锤悬北斗，照亮九州天。

身居窑洞中，壮志在心胸。
灯下挥毫管，东方旭日红。

郑中迅

忆江南·难忘大店

红五月，参观莒南县大店镇一一五师司令部旧址感赋。

今回首，沙场若亲征。鼓角相闻旗猎猎，雄师浴血炮声声，鬼魅顿时倾。

烽烟起，杀气映天红。蹈险赴危钢铁汉，出生入死写忠诚，世代仰威名。

腾龙处，歌舞颂英雄。卸去戎装思劲旅，携来老叟似苍松，暮色更从容。

郑玉伟

祖国颂

历尽沧桑色更浓，巍然挺立傲苍穹。
葳蕤冠盖江南北，伟大胸怀民富穷。
千里莺啼春日暖，百年血沃果花红。
愿如啄木殷殷鸟，爱洒青枝岁岁荣。

诗二首

船发南湖破浪行，旗挥镰斧引航程。
马蹄声里残阳落，长夜鸡鸣旭日升。

五星入画舞东风，喜看神舟驶太空。
雨雪兼程小康路，强林四海望珠峰。

郑若谷

读史进前《冷暖轩诗抄》

满腔热血救危亡，叱咤风云歌慨慷。
冷暖轩中豪气吐，狼牙山上国魂扬。
江南桔有灵均颂，塞北松传陈帅章。
九秩人生诗一卷，高风亮节永流芳。

欣获功勋天平奖章[①]

今日华堂灯火明，殊荣授与白头人。
才能疏浅犹深愧，贡献无多不足论。
回首征程虽曲折，欣看法院竟逢春。
莘莘新秀皆英杰，执法维权护亿民。

注：① 2007年12月26日，最高人民法院举行仪式，向全国25名长期从事法院工作曾有一定贡献的老同志授予功勋天平奖章。余愧列其中，归后成此。

郑明哲（女）

访纳兰性德博物馆

淡月炉烟梦亦痴，少时贪读纳兰词。
未谙落寞缁尘意，却羡临风侧帽姿[①]。
世道风波识宁古[②]，人间冷暖证相知。
几番悟得真情性，岸柳清漪访问迟。

注：① 纳兰有诗集《侧帽集》。② 宁古塔，在黑龙江省宁安县，当年为流放罪人之地。纳兰性德曾全力营救汉臣吴兆骞入关。

读《百年抗争诗词选萃》

何堪魔怪祸苍生?拼掷头颅浴血争。
收集悲歌六百首，英雄豪气永奔腾。

赞军旅诗

赴敌频歌慷慨曲，盛时犹奏最强音。
须知军旅多奇作，剑气从来是国魂。

军旅生涯回顾

些小军营吏，枕戈宵旰同。
三边探静动[①]，两霸辨雌雄。
遑及娇儿恋，唯矜檄信匆。
高楼今袖手，中夜忆长风。

注：① 三边指当时多事的中印、中苏、中越边境。

鹧鸪天·三八节赠《红叶》女诗友

曾系征夫万里心，曾经战火炼青春。才思不共青丝老，情韵还随时运新。红玉鼓，木兰勋，轩亭血溅恨天喑。西山红树停车望，秋色容君对半分。

郑和清

扫　墓

万里驱车赴桂程，为寻战友到边庭。
当年盟誓死生共，今日扶碑祭九冥。

郑昭儒

周总理唱《铁道兵志在四方》[①]

一

日照中央会议厅，周公挥手指航程。
东风伴奏兵歌唱，领袖言传将士听。

二

一曲兵歌合唱声，经年累月伴征程。
桥桥路路音符号，句句声声总理情。

注：① 1966年春，敬爱的周总理在接见铁道兵领导同志时，曾高兴地打着拍子，与大家一起唱《铁道兵志在四方》。几十年过去了，每当我们唱起这支歌时，就会想起总理的亲切教导，激励我们不畏艰难，奋勇前进！

满江红·钢铁运输线

抗美援朝，最堪忆、抢修大战。倾钢铁、东封西锁，路翻桥断。笑尔疯狂称霸主，铁兵自有奇谋算。将令传，零点抢通车，支前线！　　冒轰炸，桥路建。兵十万，齐心干。看军车列列，运粮输弹。露宿风餐千日苦，血流汗洒身心献。六十年，奋笔写新词，英雄赞！

鹧鸪天·忆铁道兵抢修陇海铁路

握具荷枪铁道兵，抢修陇海展雄风。开山筑路星光闪，遇水架桥龙虎腾。　　迎大典，喜车通，旗升号响汽笛鸣。中原战地千军立，高唱国歌望北京。

辽沈平津战役中的铁道纵队

万马千军大反攻，支前粮弹要先行。
荷枪握具星光闪，露宿餐风月色明。
破浪搭桥虹起落，穿山筑路轨连横。
一声笛响春雷震，滚滚车轮过古城。

郑德厚

缅怀百岁将军阎捷三

跋山涉水觅红军，趋步朱毛百战身。
乐守讲台无显赫，晚年修史启新人。

抗美援朝战地回顾

洞中昏暗灯难亮，烟盒撕开就短章。
终见报端居一角，英雄业绩八方扬。

单茂文

《红叶》赞

盛世听鸣凤，诗坛看老兵。
高歌扬赤帜，落笔诉衷情。
言志抚长剑，抒怀唱太平。
风光无限好，红叶伴征程。

单振九

鹧鸪天·春夜为师首长抄写军情报告

一盏油灯亮整宵，誊完讲稿晓鸡嚣。雄师四战追穷寇，正义豪情壮战刀。　　谋略诡，睿思高。运筹帷幄帅旗骄。千钧横扫枯黄叶，十六家兵慑赤飙。

郎　鹏

纪念甲午海战

甲午水师英气存，悲歌一曲祭忠魂。
诗扬黄海千层浪，泪化长空万里云。
忆昔丧权因腐政，抚今固国赖强军。
百年血染青锋砺，敢斩妖魔除煞神。

房嘉海

赞阎肃

黄钟大吕伴君生，曲曲萦怀悦耳听。
椽笔飞扬书盛世，红歌激荡唱军营。
边关冷月传心意，海岛风云送友情。
泰斗南山松不老，红梅一曲久回声。

孟　飞

忆扶眉大捷

整休三日乐悠悠，傍晚同观《血泪仇》。
夤夜星繁人语寂，黎明月缺炮声稠。
头飞弹雨齐冲杀，脚跨枪林逐次收。
遍野尸横初悸目，秦川解放笑心头。

孟凡仓

常州老战友来宛在二月河家叙旧

老柳垂青草吐芽，墙头夕照一梅花。
浪沙淘尽书生气，岁月磨平赤子瑕。
论剑轻斟卧龙酒，收弓细品茉莉茶。
征尘抖去情怀在，小院春深吟落霞。

封　敏（女）

游昆明谒聂耳墓

魂归故里西山麓，松柏丰碑永伴和。
雪压春城惩腐恶，雨欺申市起新波。
抗倭谱出救亡曲，爱国吟成大路歌。
最是全民歌义勇，激昂旋律壮山河。

敬悼科学家钱学森

巨星忽陨落，华夏共悲吟。漫漫回乡路，拳拳赤子心。才高报祖国，学富育新人。亲历攻关苦，诚为星弹魂。奇功声赫赫，伟业意殷殷。淡泊名和利，情怀军与民。高风赢众望，浩气比昆仑。科学一泰斗，英名万古馨。

重访旧营

登罢西山意兴浓，长安寺里访前营。
廊庑宿舍依然在，宝殿会厅门户封。
对面报房无影迹，幻听嘀嗒有回声。
青春脚印留山寺，嘹亮军歌励晚晴。

七一吟怀

九旬风雨忆毛翁，四卷雄文解晦蒙。
灯塔崔巍指方向，航船浩荡趁春风。
通今博古襟怀阔，改地换天大业丰。
老骥犹存千里志，与时俱进葆心红。

赵日新

题咏三江大野

一望无垠播韵忙，三江沃野绿春光。
遥思沼地枕星月，农垦官兵犁太阳。

谒赵尚志纪念碑

擎天一柱祭英魂，风曳松涛诵悼文。
心系黎民激壮志，气冲倭寇见丹心。
忍抛铮骨殷殷血，尽洗神州滚滚尘。
流逝浮云逾甲子，丰碑难忘放歌吟。

赵立荣

西柏坡咏怀

茅庐子夜光，帷幄运筹忙。
破晓春雷震，红霞映四方。

赵兰群

喜回军营

离鞍十载念边关，霜鬓重来细柳前。
步入辕门闻虎啸，身临校场看龙翻。
军歌嘹亮心潮沸，号角昂扬斗志坚。
更喜后生多俊杰，挥刀跃马胜当年。

赵永生

伟哉南湖船

“七一”晴朗天，漫步南湖边。贺党九旬寿，虔心访红船。投石涟漪漾，历史展光盘。蓦见征帆起，乘风破巨澜。湘波洗兵刃，乌浪溃围拦。金沙攻险阵，大渡克凶顽。延水制妙策，黄河倭虏歼。江淮传捷报，扬子颓蒋垣。船至中南海，诞生新政权。人民坐天下，重塑好河山。水纹一圈圈，将我思绪牵。心头涌激浪，赞叹化诗篇。伟哉南湖船，红色大摇篮。九秩不褪色，飞驰更向前。

参观通信兵陈列馆感怀

首章军史便留踪，分蘖根延陆海空。
半部电台开业绩，万支铜号统骁兵。
声波传递柳营令，天网回收阵地情。
领袖题词称耳目，久经战火建奇功。

谒袁崇焕督师祠有感

辽东鼙鼓似闻声，慷慨督师赴战程。
奋力御敌京兆外，挺身举纛箭丛中。
鞑兵离间施毒计，明帝昏庸斩将星。
吊古应思前鉴痛，须防他域血腥风。

赵永卿

打　靶

枪口挂冰凌，须眉霜气浓。
连声震天响，靶靶不离中。

行　军

冰原驰骋数重山，夜宿雪窝香入眠。
梦上天山西北望，边疆故里月同圆。

赵兴河

边陲哨兵

霜染双眉雪漫枪，边防万里足来量。
安危心系情无限，极目云天察八方。

读《解放战争诗词选萃》

帷幄高瞻策，军民鱼水情。
声声催战鼓，铁韵颂雄风。

赵运保

巡　逻

风壑雪填平，匍匐阻力轻。
氧稀绝鸟越，壁峭断人行。
热血驱寒气，柔肠化冻冰。
雾凇眉目挂，天界降神兵。

赵贤愚

航天人赞歌

载誉归来未解鞍，披星戴月赴边关。
昆仑万丈从头越，弱水千弯改旧颜。
酷暑严寒年复月，战天斗地苦中甜。
风餐露宿等闲事，一座新城矗莽原。

赵京战

诉衷情·探家

十年边塞枕戈眠，今日探家园。急如天外归客，双手叩门环。　　含泪眼，望慈颜，却无言。不说思念，先报军功，笑语堂前。

渔家傲·模范飞行大队

万里蓝天称卫士，乘风御电如星驰。破雾穿云轻易事，男儿志：人人不愧天骄子！　　汗水湿衣百千次，长空酣战锋初试。弹破靶心花映日，伸拇指：敢夸天下无敌翅！

将军关

青山开紫障，高峡锁千岗。为吊将军迹，来寻生死场。拾阶登戍道，举手叩关墙。雉堞角犹厉，烽台灰已凉。仰天思海日，回首望天狼。汉箭飞蝗急，秦弓满月张。士呼如虎啸，将令似鹰扬。灭彼天骄种，全吾锦绣乡。魂兮辉日月，身已葬玄黄。笳鼓宣王业，凌烟祀国殇。千秋如瞬息，万里正苍茫。孤怀徒辗转，独立自彷徨。试剑将军石，火星溅八荒。

鹊桥仙·总参长话站女兵

微波传语，卫星接力，万水千山飞渡。机台一线系千军，却谁识、英姿娇女？　　纤纤玉手，盈盈素口，编织九天云路。芳心早已许神州，凭数尽、朝朝暮暮。

注：通信兵一号台，是最高指挥中心的通信台。

破阵子·卢沟桥石狮

梦里千秋烟雨，胸中百载风云。二目圆睁如火炬，四爪微蜷露铁筋。依稀见弹痕。　　气可抚平瀛海，神能保定昆仑。莫道石狮皆石刻，自有军魂壮国魂。沧桑仔细论。

赵宝海

老军垦

稀疏两鬓淡霜丝，每忆荒原初拓时。
篝火已经非战火，队旗犹自是军旗。
垡纹春耙白棉雪，地锦秋披黄布衣。
老去依然有宏愿，机车遥控逐风驰。

赵宗元

诉衷情·有感

当年投笔别家乡，北国戍边疆。冰天雪地何惧？血热战旗扬。　　今解甲，鬓如霜，莫彷徨。夕阳圆梦，诗海扬帆，翰墨飘香。

蝶恋花·清明扫墓祭李大钊烈士

寅岁清明春色好。日丽风和，又绿陵园草。松柏青青迎客早，鲜花一束低头祷。　　担道铁肩鸣号角。妙手文章，洒血为先导。尘世阴霾今已扫，泉台先烈当含笑。

江城子·战友相聚

寒窗共读怎能忘？着戎装，沐朝阳。朗朗书声，共度好时光。高唱军歌操正步，怀壮志、气昂昂。　　天南海北战旗扬，戍边疆，射豺狼。岁岁年年，雨雪共风霜。人道夕阳无限好，观晚景，更辉煌。

赵宣晏

浪淘沙·忆战友

把酒喜交觥，谈笑从容。红桃绿柳小村东。回忆当年鏖战处，踏遍岩丛。　　聚散总匆匆，又是春风。清溪泛水映长虹。应是今年花更好，只少君同。

赵振林

破阵子·解放军履行使命赞

举义开基定鼎，饱经风雨沧桑。宗旨为民心向党，赤帜高擎卫国昌，迎春奔富康。　　万里边陲铁壁，八旬战史荣光。玉垒星飞环海宇，科技鸿猷争自强，旆旌豪气扬。

赵淑娴

踏莎行·甲午战争一百二十周年祭

黄海扬波，卢沟吹雪，关山浪屿斑斑血。百年甲午恨难消，国殇未歇悲歌咽。　　遥祭英灵，缅怀忠烈，家园岂任倭猖獗。和平崛起战旗扬，醒狮昂首看雄杰。

赵湘源

春　泥

垄上新泥逢雨发，多情欲溅染桑麻。
儿童不管黄和绿，一脚春光带进家。

踏青偶得

东君一夜诏花开，春色撩人过塔来。
我笑石佛心也动，白衣襟上染青苔。

赵锡麟

参与选编《鏖战泉城》记感

红叶耀金秋，军戎共唱酬。
泉城鏖战日，诗海泛新舟。

清明祭济南战役无名烈士墓

春雨潇潇笼细烟，草深林寂独凄然。
未留名姓血光里，已铸丰碑天地间。
为国捐躯成大义，倩谁拜祀寄冥钱？
问询世上贪婪客，心对荒茔可汗颜？

赵慧文（女）

江城子·忆周恩来总理[①]

音容卌载未茫茫，不思量，自难忘。遥想当年，俯首话家常。“小鬼”声声亲切语，今犹在，耳根旁。　　中南海水泛霞光，小兰舣，芷幽香。阵阵微风，时送笑琅琅。夕照映辉帆远去，身与影，立穹苍。

注：① 上世纪五十年代初在中南海工作，常仰周恩来总理风采，其情其景，至今难忘。

郝生章

忆毛主席为我修改电报[①]

倚马修文夜色阑，忙中疏漏忆难安。
补遗细阅明灯伴，加按高瞻北斗悬。
一语千钧关国运，九州百代读雄篇。
伟人亦做凡人举，常忆今生热泪潸。

注：① 1967年初，我奉命起草某军区贯彻毛主席指示的报告（电报稿），匆忙之中漏写“首先”二字。报告送到中南海，毛主席悉心审阅，亲手添上我漏掉的二字，并加按语，转发全国。我得知后，愧疚、欣喜之情交加，终生难忘，诗以记之。

胡力三

满江红・缅怀毛主席

日出湘江，驱长夜、红霞千叠。征骑奋、紧随麾帜，壮歌声越。剑劈三山摧旧垒，和谐百族书新页。响春雷、十亿续华章，频传捷。　　新征路，多曲折，思领袖，怀先哲。恨官仓硕鼠，巧偷频窃。天网恢恢贪腐缚，军旗猎猎豺狼慑。承遗志、明辨耻和荣，丹心热。

改革开放赞

惊世奇勋史册辉，和谐发展播芳菲。
惠民禹域人为本，揽月神舟霞作衣。
惩腐必除千载垢，兴邦正待一台归。
创新改革春无限，高铸昆仑百丈碑。

满江红・忆建国初川边剿匪

勒马西陲，曾踏遍、关山夜月。宿营处、冰封百丈，征衣似铁。除霸偏师歼狡寇，安民子弟消冰雪。喜南疆北国凯歌昂，丹心热。　　正邪斗，枭獍咽；旌旗卷，金沙捷。大西南、岂许顽匪猖獗。险隘飞兵山贼垒，莽原洒遍英雄血。且回首，无悔献青春，沧桑阅。

胡立言

[仙吕] 一半儿·军侣（选二）

援朝奏凯喜成家，军被两床胜烛纱。笑靥含羞映彩霞。侬心里，装着他。一半儿甘甜，一半儿辣。

新婚久别梦魂牵，六甲在身形影单。枕畔无人鼻发酸。冤家账，怎生还。一半儿欢欣，一半儿怨。

胡志毅

贺新郎·参加首届军旅诗词研讨会感记

远望楼台处。看当年、风云老将，复操机杼。气势挟雷奔腕底，化作枫红叶舞。焕异彩，西山霞吐。振臂一呼麾下竞，大江东千里风帆举。扬赤帜，壮军旅。　　烽烟几度荣诗树。似这般、吟坛盛事，古人曾否？阅尽宋唐边塞咏，空有一腔愤怒。可惜了，英雄无数。家国兴亡匹夫责，拨尧弦，再作长城赋。凭热血，沃疆土。

胡成军

红色前哨雷达站纪行

离鞍结伴下连行，续写军营未了情。寸土栽培参天树，滴水汇流入沧瀛。穿云破雾千里眼，艰苦卓绝雷达兵。守望空山甘寂寞，青春无悔为打赢。

水调歌头·戍边思

常思戍边事，倥偬数春秋。满腔烈火初炽，梦里洗吴钩。冷对天狼狞目，铸就一身豪气，披甲正兜鍪。不羡南归雁，岁月自悠悠。　　时光疾，霜发染，别无求。韶华虽逝，名勒戈壁也风流。漫抚瑶琴霜剑，泯却红尘荣辱，执着固金瓯。踏碎关河月，不是觅封侯。

水调歌头·赋2010西部跨区演习

西域边声起，列阵战天山。巧施迷局天网，诱敌入笼樊。态势了如指掌，红外目标可见，将令待机颁。迷彩映寒月，寂静笼山川。　　一声令，雄兵进，战鹰旋。银波频送消息，铁甲荡尘烟。亿万物资吞吐，千里驰驱追剿，将士勇争先。未待晨曦出，锣鼓已喧天。

胡跃飞

井冈兰

饱历烽烟气更扬，立身奇岳胜仙乡①。
花因血沃一团火，叶耐寒侵百炼钢。
铁骨铮铮添个性，贞姿烈烈压群芳。
游人到此莫轻对，此是中华第一香。

注：① 奇岳：即南天奇岳，指井冈山，语出毛泽东。

破阵子·为女歼击机飞行员赋壮词以寄

眉宇频添英气，樱唇时吐长虹。万米高空凭仰射，多个靶标由俯冲。谁人识女兵？　　日月权充妆镜，风霜更砺刀锋。羞煞梨花身手妙，博得桂英称誉荣。蓝天志不穷！

胡惠民

身卧铺草

水泥地上一溜砖，铺草卧身集体眠。
军事训完听大课，铁流浩气写诗笺。

初着戎装

初着戎装自打量，水缸作镜细端详。
练兵场上凌云志，愿对梅山洒血浆。

胡勤文

木兰花·“幸福工程”奠基人王光美①

传奇色彩名声远，“文革”牛棚遭大难。狂风暴雨育青松，铁骨丹心齐颂赞。　　巾帼英雄情缱绻，宝物家传甘奉献。扶危济困意绵绵，晚节飘香金不换。

注：① 王光美将她妈妈留给她的6件宝物悉数拍卖，得56万多元，带头捐给“幸福工程”。11年来，共筹集资金3亿多元，救济贫困母亲15万多人。

木兰花慢·风雪边关鱼水情

亚东边防线，风刺骨，雪封山。正戍守官兵，菜蔬奇缺，发掉心烦。驰援，翻山越岭，看阿妈三位赴营盘①。肩背菜蔬瓜果，悬崖峭壁登攀。　　争先，奋力向前，风任冽，雪由寒。看汗流浃背，衣袖湿透，颊似花妍。情绵，感天动地，众官兵立志守边关。誓保西陲永固，铜墙铁壁弥坚！

注：① 三位藏族阿妈：次仁曲珍（56岁）、德吉（53岁）、普次（48岁），27年坚持往山上哨所送新鲜蔬菜。

柯美魁

瞻仰井冈山革命烈士纪念碑

井冈烽火忆当年，唤起工农岂万千。
喜看红旗飘塔顶，依然如炬照长天。

延安宝塔山

巍巍宝塔指苍穹，屹立傲然嘉岭中。
一盏明灯光四射，恰如旭日照长空。

查筱英（女）

忆江南·悼龚炳章将军

长相忆，最忆是军魂。血染征袍川陕战，将星殒落日斜昏。掩面恸三军。

柳科正

读《女兵词草》题赠王琳

十年风雨砺征程，工厂边陲细柳营。
感悟人生称练达，身经沧海有鸥盟。
木兰意志终能守，漱玉才华渐次臻。
诗艺攀登穷险径，巉岩高处蕴真情。

沉痛悼念史进前社长

戎衣三尺剑，革命一元勋。
壮烈狼牙顶，披坚鸭绿滨。
红旗崇马列，改革焕新春。
冷暖轩中笔，曾书正气吟。

我读南社

睁眸尽览生民泪，提笔难书饿殍尸。
腐败北廷能镇压，铿锵南社敢吟诗。
头颅掷去河山变，热血拼来易代时。
鼓角殊勋长不灭，武昌城内义旗驰。

念奴娇·秋登百望山

西山危壁，早镌刻、无数先驱功业。故垒萧萧留警示，化作人间仙阙。老树穿云，苍岩矗地，处处生红叶。旅游成趣，一年多少佳节。　遥忆植树元戎，把征衣脱了，同书丹碣。岚净风清，丘壑秀，天设氧吧优越。教子台前，更诗碑阵阵，壮怀犹烈。青山登过，翩然更想登月。

冒雨吉

喜见蔚蓝返九天

喜见蔚蓝返九天，千呼万唤几多年。
排烟驱雾遂人愿，还我清新大自然。

总书记除夕访山村

冒寒踏雪访山村，细语贴心问饱温。
共坐农家包饺子，大写祥和塞北春。

铁龙跃上雪山巅

世纪工程动九天，铁笼跃上雪山巅。
珠峰试展惺忪眼，跨越文明多少年。

星　汉

满江红·卢沟桥吊七七事变烈士

西域吾来，捧热泪、激情难歇。弹洞处，诗碑犹壮，石狮犹烈。刀影映寒三伏日，枪声惊落千山月。听征鸿、嘹唳诉当年，声声切。　　红旗卷，仇恨雪；镰斧举，强梁灭。赖八年抗战，金瓯无缺。星斗高悬先烈胆，桑乾长淌英雄血。众忠魂、依旧绕燕山，护京阙。

参观飞虎队纪念馆

历史长河注芷江，东洋鬼子必投降。
美军大义辞乡土，民国真情谢友邦。
援助神州心不二，纵横天宇世无双。
出门遥望红霞里，烈士仍留血一腔。

山丹路上

不管青云与白云，多情来往扫心尘。
川原抱日村村暖，桃杏喷花树树新。
南亩三春飘燕语，东风百里趁车轮。
相机摄取寻常物，化作诗材我不贫。

沁园春·丙戌秋登延安宝塔山

眼望峰巅，身带秋来，手送云飘。对清凉山上，钟声荡荡；杨家岭下，雄气滔滔。一片晴光，百年心事，随我登临步步高。扶红树，正风翻如血，别样妖娆。　　果然景色添娇，赖拼命头颅久挂腰。看满河魂魄，河归大海；连天炮火，天写离骚。北接苏联，东驱倭寇，南指金陵起怒雕。乾坤净，怕俗尘污雨，乱了今朝。

秋玉勤

忆秦娥·军演

车声切。三军上路沙尘月。沙尘月，厉兵军演，四时无歇。　　北疆大漠冬飞雪，南洋水域阳光烈。阳光烈，山原摆阵，水天旗猎。

皇甫国

翠亨村孙中山书房

不求五桂一椽安[1]，笔砚油灯国是研。
听诊乡亲何处病？千年枷锁痛皇权。

注：① 孙中山故居门联：“一椽得所，五桂安居”。

读战友平叛回忆录

车后亲人远，身前玉岭横。
朔风吹澹月，战马踏寒冰。
靖叛云峦越，亲民雪域馨。
珠峰晨旭壮，拉萨啭春鹛。

凤凰台上忆吹箫·献给《红叶》

悬壁龙泉，映窗红叶，壮词飞上旄头。揽铁军豪句，电闪吴钩。心系神州凤翥，霜染鬓、濑献能休？何妨瘦，情融虎旅，笔醉金秋。　　难休，远峰叠翠，征路倚斜阳，脚不停留。举赤旗文苑，更上层楼。争看西山晴雪，寰宇净、梅绽吟眸。凭栏听，军歌震天，涤尽迷愁！

侯孝琮（女）

豫西行

平山远水几家村，好景遥观自有神。
红袖倚门闲看我，不知已作画中人。

洪湖观荷

六月洪湖一镜平，纷红骇绿锦云生。
风来湖面枝先举，雨浥莲房韵更清。
心净何妨泥活活，骨坚自是玉亭亭。
秋分待到花期了，留得残荷听雨声。

鹧鸪天·咏牛

已拼今生老一犁，峥嵘头角亦奚为？周身皮骨皆堪用，更有千斤肉作糜。　　风雨疾，不停蹄，饥餐刍草卧麻衣。尘心淡尽琴心懒，浮鼻归来日已西。

俞万钭

忆辽沈战役

秋风正劲志方遒，东野横刀夺锦州。
震地杀声惊敌垒，掀天阵势乱顽酋。
西拦侯部铙歌歇，东阻廖军炮火收。
黑水白山光日月，只缘统帅巧筹谋。

钟巨毅

颂平凡

莫道人微言亦轻，军营战士见雷锋。
终生未做惊天事，自命机车一铆丁。
竭尽艰辛从小做，助人为乐现高风。
而今志士当为镜，鹜远好高事事空。

钟宪肘

酒泉基建工地扫描

无垠大漠远接天，幻变白云朵朵闲。
结队黄羊沙海子，蜃楼缥缈隐山仙。

吼似惊涛大漠风，黄沙滚滚漫长空。
天昏地暗迷人眼，不辨西来不辨东。

胡杨林畔设营盘，辟路施工戈壁滩。
奋斗迎来星弹起，风光无限绿田园。

饶健华

六洲歌头·中国航母出海

涛翻碧海，鸥鸟闹晴空。朝霞绚，军歌壮，战旗红。舞东风。追想前朝事，强邻侮，干戈动，黄海上，狂潮涌，炮声隆。衰朽龙旗，飘坠残阳下，悲愤填胸。恨百年魔怪，杀戮到鸡虫，蔽野烟笼，泣哀鸿。　　奋农奴戟，推山倒。新日月。百川东。思国耻，心犹痛；造艨艟，建殊功。卫海疆千岛，慑群盗，显豪雄。排巨浪，驰如剑，若神龙。飞起铁鹰如电，冲霄汉、气贯长虹。布阳和万里，浩气满寰中，举世同荣。

满庭芳·文苑丰碑

禹域遭蹦，山河破碎，神州风雨飘摇。高原穷塞，红日耀晴朝。万里金瓯重整，更须有、武略文韬。延河畔，群星荟萃，健笔竞妖娆。　　相邀，杨家岭，挑灯夜话，细论诗骚。指引新航向，迷雾都消。腰鼓秧歌劲舞，信天游、唱彻云霄。狂飙吼，黄钟大吕，掀起巨澜高。

湘城橘子洲头青年毛泽东巨型雕像落成感赋（选一）

江山也要伟人扶，橘子洲头草木姝。
同学少年携手处，今朝美景胜蓬壶。

施鹏九

浣溪沙·迁新居有感

靓室宽厅楼宇轩，耄翁高卧永居安。谁曾梦寐有今天？　犹忆华年烽火日，征程无定不时迁。抱薪作铺枕戈眠。

老战士画展

寒雪红梅无媚色，清风翠竹有幽姿。
赏心最数钟馗画，怒剑霜锋扫鬼魑。

鹧鸪天·小凤鸾

——为小孙女岁半作

桐树新添小凤鸾，啼音清亮叩心弦。轻轻抱起凝眸看，秋水澄明嫩脸圆。　呼奶奶，喊爷爷，声甜笑暖一堂喧。莫嫌雏幼娇无赖，羽满他时鸣九天！

姜火泉

学　诗

诗途一路正彷徨，为觅新词空自忙。
白发悄随乌发递，此时不复旧时狂。
咬声嚼韵分平仄，及古推今论短长。
返老还童心态好，花间晚照趁斜阳。

姜可绪

西江月·北京文艺座谈会有感

宝塔依山飞影，延河流水余香。一篇讲话字铿锵，始定源泉方向。　华夏同心追梦，灵魂重塑新章。驱邪匡正意情长，作品高标开放。

姜立新

步韵朱文泉将军咏云梯关

望海楼前石锁寒，云梯关口浪惊峦。
雄狮威镇三千里，目断江帆天际蓝。

然乌湖秋兴

秋水一泓似镜台，珠峰倒映格桑开。
兵哥常对平湖照，仿佛伊人楚楚来。

兵车天路行

险穿虎口侧听风，轮碾悬崖上下空。
戈壁冰河云伴月，雪山滴洒杜鹃红。

姜勉希

忆武夷山剿匪（三首）

深沟露宿青石板，泉水潺潺伴我眠。
夜雨袭来酣梦醒，抱枪坐睡到明天。

山壑相连不见边，方圆百里少炊烟。
无盐缺菜寻常事，最苦夜盲行路难。

搜寻数日敌无踪，喜得乡民报匪情。
深草丛中俘贼首，庆功会上论英雄。

火洲飞铁龙[1]

滚烫沙滩能煮蛋，汗珠落地顿生烟。
火洲深处扎营寨，笛吼飞龙跨火山。

注：① 吐鲁番盆地似火洲。南疆铁路线就在此起步。

姜振刚

老兵交特殊党费

强震惊传巴蜀天，同胞困厄痛心间。
发白难赴最前线，滚烫真情援汶川。

忆抗美援朝出国作战

跨江御侮三千里，正义之师到海涯。
域外寒山拼热血，催开战地杜鹃花。

娄纪初

访息烽西望山凤池寺见冯玉祥将军刻石[1]

山雨潇潇凝翠烟，春风犹带二分寒。
葱茏秀木遮望眼，破旧禅房设祀坛。
击磬唤回忧国志，吟诗激发壮怀丹。
前贤刻石留残壁，读罢铭心鼻目酸。

注：① 石刻“圣贤气节，民族精神”八个大字。

西江月·忆大军南下

记得大军南下，乡亲夹道欢迎。端茶送饭细叮咛，打仗莫忘百姓。　处处分田剿匪，家家有地勤耕。喜闻前线炮声声，报道旗开得胜。

难忘大军南下，风清雨细天寒。士兵身上未穿棉，檐下蜷身可叹。　百姓送衣送袄，官兵笑拒婉言。军中纪律十分严，却说简装轻便。

浣溪沙·雪山金海水乡行

无际田园无限香，李花似雪菜花黄。一湾溪水赋康庄。　城市喧嚣催窒息，乡村气爽促安康。民生是个大文章。

前　驱

重访湘西

昔日奔驰征战地，暌离半纪未能忘。
雄师气壮挥长剑，霸匪烟消靖八荒。
热血滋花沅澧美，丹心映日土苗康。
将军白发今重访，一片欢声劝举觞。

共青城谒胡耀邦墓

无限深情热泪涔，共青城外悼英魂。
兴邦勇覆前朝案，治国敢除“凡是”禁。
四化躬行遂民愿，一心为党竟捐身。
春回大地君应笑，霞染鄱阳波涌金。

记黎原将军率队祭扫芷江烈士陵园

一束鲜花三鞠躬，将军率队悼英灵。
英雄山上悲声起，烈士碑前热泪横。
沅澧靖妖君献力，京华望月我怀朋。
湘西今日民安乐，耿耿忠魂应笑盈。

洪光远（女）

望海潮·深圳掠影

三方环海，梧山虎踞，鹏城今日繁华。广厦接云，虹桥匝地，难寻往昔人家。绿树似烟霞，弄潮千帆满，擂鼓鸣笳。市列珠玑，车行流水竞飞槎。　罗湖窗口清佳。有五洲贵客，四海奇葩。科技领先，人才荟萃，人歌箕斗横斜。曾是小渔洼，变作名都会，举世同夸。感念南巡巨擘，春雨润天涯。

重访八路军西安办事处旧址[①]

风雨沧桑六十年，西安八办貌依然。
七贤庄饮延河水，故地今来霞满天。

注：① 1938年我经由八路军西安办事处去延安，1998年重访其纪念馆。

古稀忆旧

从戎繁杂事频临，紫塞黄沙抗敌侵。
奋战疆场曾挽袖，操舟学海更开襟。
鲁阳已立回天志，精卫长存捧日心。
钢铁长城添一石，迎风军号送清音。

姚 平

凭吊江西烈士纪念堂

血雨腥风起浩波，满堂烈士一何多。
草鞋踏碎千山雪，碧血流成万里河。
誓死朗吟真理颂，舍生高唱自由歌。
我今凭吊输肝胆，留得豪情战恶魔。

念奴娇·陈毅颂

堂堂元帅，任金戈铁马，万波千折。总是中流支砥柱，恶浪妖风难没。举义南昌，转移东粤，烽火井冈接。险生梅岭，三章雄唱凄绝。　　生色，驰骋江淮，皖南苏北，新四军中杰。开国元戎兼外事，谈笑风生豪阔。笔底长虹，西山红叶，磊落诗家节。人生如此，光昭天上明月。

姚 新

纪念塔山阻击战六十周年

——谒八位将军墓

“关门打狗”炮声喧，云滚马嘶火映天。
勇克锦州歼悍敌，血书战史写雄篇。
生前刀舞硝烟里，身后魂归阵地前。
拜谒将军香一瓣，行行热泪洒陵园。

姚天华

访百岁红军王定国

少小从军路不凡，平生几度鬼门关。
苍凉草地三番过，凛冽冰山五次翻。
喋血河西遭大狱，耕耘陕北受屈冤。
胸存浩气经磨难，铁骨铮铮赤胆悬。

阔别军营四十载重登伏牛山寻路未遇感作

往事依稀入梦怀，秋深重向旧山来。
洞前柳叶悄然落，岩下菊花寂寞开。
松柏闲云流碧影，荆棘野草没苍苔。
莫言故道难识客，已把戎装作路牌。

晋察冀烈士陵园谒白求恩墓

英雄静卧化为山，大爱如云映碧天。
今日陵前人肃立，心中犹诵老三篇。

注：① 白求恩墓对面的山峰酷似白求恩仰卧的头部侧面像。

唐县军城镇和家庄谒晋察冀军区司令部旧址

老树枯藤千色庄，当年聂帅小平房。
油灯木椅今犹在，历史沧桑爬满墙。

姚飞岩

写在董存瑞烈士纪念馆前

困兽犹挣势亦横，桥间筑堡阻雄兵。
忍教豺虎龇牙舞？看把雷霆赤手撑！
巨响一声开血路，红旗顷刻下隆城。
捐身只为新中国，青史长昭烈士名。

谒高君宇、石评梅墓

乐为剑火荡魔妖[①]，救得元元骨可销。
天意不劳横一旅，名园何幸落双骄。
早闻心迹情同炽，今见碑镌血尚潮。
主义薪传吾辈责，管教万代仰高标。

注：① 高君宇烈士有诗句“我是宝剑，我是火花”。

《中华诗词文库·军旅诗词卷》付梓[①]

诗史曾遗军旅章，今朝一扫此荒唐。
泰山北斗移来重，塞草边花嚼去香。
逾九百家辉艺苑，近三千首壮戎行。
两年劬力欣开拓，更望承编继世长。

注：① 此书选录我军人员自1927年建军以来80余年间所写军旅诗作计2400余首，作者900多人。有论者以为，这是一项开创性的工作。

念奴娇·参加首届军旅诗词研讨会有赋

会议于2011年10月11日在总装备部远望楼宾馆召开，参加会议的有相关单位领导及知名军旅诗作者等100余人，因以记盛。用东坡“大江东去”韵。

远望宾客，几回得、济济骚坛人物。耆宿新髦欢聚处，辉耀华堂彩壁。霄汉裁云，沧溟撷浪，绝塞雕冰雪。煌煌军阵，啸吟多有奇杰。　麾旅共赴征程，阵严旗肃，正号声催发。夺隘攻关光影里，从看星徽明灭。岂薄前朝，更翻杨柳，不改冲冠发。新词歌罢，绕梁应是三月。

鹧鸪天·井冈山

五百里山谁使奇？非吾非汝也非伊。黄洋界炮轰如答，八角楼灯亮即知。　山路舞，我心驰，轻车阅尽井冈姿。常怜烈士松间墓，夜雨疑班得胜师。

姚志鸿

太行颂

太行天脊镇晴空，抗日战旗八陉红。
九路反围驱虎豹，百团鏖战见英雄。
东征截断平汉线，西顾绵连延水溶。
铁壁铜墙屹敌后，汗青永照颂丰功。

纪念抗美援朝六十周年

唇齿相依金石言，鸭江曾跨扫狼烟。
花旗委地尸横野，菌毒噬人罪滔天。
越战越强银燕舞，屡谈屡胜野牛牵。
当年麦克浑无奈，山姆难挥霸主鞭。

姚传敏

侄儿退伍有赠

二载从戎额有棱，同窗旧友见须惊。
神枪称手曾磨茧，靶场生烟更练兵。
哨月寒随淮水落，徽星亮自曙光明。
青春已报家邦志，解甲归来济海行。

向大西南进军中夜宿张良庙

全国进军声势豪,摧枯拉朽捣贼巢。
终南山路排雷进,双石铺街匪火消。
蒋字电波心火急,雄师口令马蹄骄。
五更出发成都会,辞别留侯捷后聊。

巡 逻

踏碎夕阳霞有声,天涯溅染我豪情。
欲知边境线长短,试问肩头枪重轻。
静静界河心底浪,茫茫林海眼中旌。
坐骑也解路弯转,未举鞭儿竟自行。

贺 彬

渔家傲·清风店石家庄之战

顽敌增援兵过万,我军力插清风店。严挡围歼英勇战。真胜算,残兵败将一锅涮。　　乘势再攻石门线,军民士气冲霄汉。决胜平原孤岛陷。欣如愿,攻坚入史人称赞。

定风波·迷彩衣

绿色原为生命光,其中还染地玄黄。守护安宁家与国,谁敌?肩披风雨握钢枪。　　知否当兵真谛在,边塞,青春抖擞我辉煌。迷彩纵横寰宇阔,斥喝,有谁虎豹敢猖狂?

贺中轩

兵滋味

汗流淬骨练兵场,壶水润喉歌更扬。
家信传情闹班长,冬寒掖被梦亲娘。
爬冰卧雪青春火,筑坝防洪脊背墙。
春节联欢时站岗,心中晚会笑声琅!

贺甲志

神话与高科结缘

登月路遥多险关,当年窃药怎飞天?
今人新演姮娥梦,神话高科喜结缘。

赞探月工程总设计师孙家栋

一星两弹功勋建，信与航天夙有缘。
探月工程肩重任，八旬犹自写婵娟。

观习总书记为航天员壮行有感

业无难事勇攀登，揽月豪情五出征。
承载中华航宇梦，问天阁里送天兵。

贺济民

螺钉赞

一粒螺钉钢铸成，身材矮小力无穷。
机床旋转刀如电，车辆奔驰轮似风。
闪闪发光不生锈，孜孜奉献少留名。
光辉榜样人尊敬，倡导精神国运兴。

《解放战争诗词选萃》读后

昔时征战气如虹，索句寻词血火中。
佳韵铿锵歌胜利，妙文悲壮颂英雄。
文韬武略将军志，虎啸龙吟战士声。
选萃一集存万世，浩气薪传励后生。

赞杨善洲

退位耕耘大亮山，锄头蓑笠伴炎寒。
伏槽老骥雄风劲，振羽苍鹰斗志坚。
热汗润洇红土地，丹心辉映碧云天。
林海深处埋忠骨，碑立民心万代传。

骆如楠

水调歌头·瞻仰新四军茅山抗日斗争纪念馆

才忆长征路，又访插云松。黄墙绿瓦，新四军纪念堂中。瞻仰杰雄伟绩，领悟艰辛创业，烽火忆英雄。初战丹阳捷，首挫敌顽凶。　狼烟远，人间换，庆繁荣。和谐共唱，华夏大地耀长虹。风展红旗如画。春满千山万水，莲绽紫荆红。承继先贤志，奋起跃神龙。

段天顺

老帽山六壮士碑

弹尽高崖陷险危，山呼风啸欲何之？
从来燕赵无降骨，独效狼牙五壮儿！

段铁才

老军人筹款兴学十八载

一离故土五旬年，怀恋乡情寸草间。
劫后余生颜未改，下鞍老将寝难安。
甘捐心血月连月，愿履艰辛年复年。
传统精神扶后辈，洁华学校美名传[1]。

注：① 洁华学校：全称“梁洁华希望学校”，以爱国港商捐资人梁洁华女士的名字命名。

袁 菁（女）

人月圆·雷达战士赞

青峰峭壁人烟渺，歌曲亮军营。荧屏守卫，穿云透雾，双目如鹰。　马铃作伴，狼嚎静夜，灯下书声。青春火热，相辉日月，无悔今生！

八声甘州·特色丰碑

正冰融雪醒绽春花，万民盼新飞。喜恢宏气势，冲霄壮志，席卷风雷。双点金睛睿智，鳞爪也光辉。破壁腾空起，奋发攀追。　踏石艰辛寻渡，把云帆直挂，满载而回。任风狂海啸，舰艇壮神威。邀苍穹、嫦娥微笑，望神州、莺燕竞芳菲。齐欢庆、嵩呼尧祝，特色丰碑！

袁 漪（女）

临江仙

参观福州林觉民烈士故居，墙上展示其临难绝笔《与妻书》手迹。

深院回廊风细细，庭梅曾伴双凭。离鸾一曲鬼神惊。满墙遗墨在，泪血字间凝。　铁骨柔情真俊杰，岂容九宇云腥。头颅掷处起雷霆。黄花岗上月，长绕旧窗棂。

庆春泽

玄武湖边，石头城下，心萦旧日军营。半纪参商，相逢喜泪莹莹。“胡兰”豪气犹如昔，“和平鸽”、舞影轻盈[①]。共欢歌，祝革命人，永远年轻。　　山川形胜重登览，望秦淮钟阜，水碧峰青。寻访梅园，不忘岁月峥嵘。雨花台上怀英烈，互叮咛、牢记前盟。听遥天，号角声声，催赴新程。

注：① 聚会时，当年歌剧中饰刘胡兰的王勖同志引吭高唱。《和平鸽子舞》是文工队的获奖作品，曾参加演出的戴笑同志虽年逾七旬，又翩翩起舞。

凭吊英雄山[①]

危岩险壁列刀丛，血染战旗旗更红。
拍岸狂涛喧日夜，声声犹似喊冲锋。

注：① 英雄山原名旗尾山，1949年10月，我军派两个营渡海登陆，在此血战，解放了鼓浪屿与厦门。

登八达岭长城

相携同上古城楼，秋满雄关草木幽。
万里山河来眼底，千年悲喜涌心头。
欣看旌旆耀红日，长记烽烟暗九州。
多少中华儿女血，化成浩气壮金瓯。

袁人瑞

沁园春·戍边吟

投笔长吟，西望昆仑，无限关山。越中州后土，秦川八百；乌鞘绝岭，弱水三千。瀚海孤烟，龙堆落日，遥想当年超与骞。天山下，为国门守望，屯垦巡边。　　昭苏水冷山寒，纵天马，奔驰大草原。看王师鏖战，格登碑下；狼烟扫尽，夏达陵前。红柳根深，胡杨枝劲，猎猎长风耿耿天。身虽老，有冰河紫塞，梦里斑斓。

出　塞

铁马高歌跨玉关，神州无处不家山。
举头遥望天山雪，我有心潮如海澜。

袁存乔（女）

冀中抗日烈士墓碑

英雄喋血抗倭猕，胜利赢来六十秋。
梦里家山村口墓，凄迷芳树护碑幽。

地道战

万户千村地道通，悟空来去影无踪。
豺狼常吃穿心弹，气死东洋鬼子兵。

儿童团

秘藏哨所树杈间，鬼子行踪日夜看。
腿似飞毛传信息，欢呼捆押汉奸还。

袁逸庵

南湖红船颂

红船风采照神州，水秀山明眼底收。
烟雨楼前瞻北斗，先驱碧血写春秋。

耿维汉

我为总理守灵堂

巨星陨落月无光，大厦崔嵬折栋梁。
吊唁人潮哀太庙，送行花海漫街长。
功高盖世黎民仰，德厚流芳万古扬。
三十二年如一瞬，守灵卫士诉衷肠。

莫贤政

登泰山

攀登绝顶纵情观，独领风光十八盘。
云雾随时多变幻，石碑无字任参禅。
南天门外披霞近，东海潮头扑足前。
放眼群峰皆垡垡，只缘身在泰山巅。

贾玉龙

梅岭山前怀陈毅

元戎浩气入云天，绝唱三章大义篇。
十万重山迎远客，追思瞻仰忆当年。

贾休奇

人民大会堂“燃情岁月”金婚大典

一生踏过崎岖道，明月心头总是圆。
未换新衣装扮少，并床旧被婚约添。
行军作战连三宿，风雪驼铃路八千。
到老更知谐字好，苦甘共度恋馀年。

咏红叶

香山名胜过千年，无有枫栌怎赤颜。
满岭焰红烧不尽，一身清苦一心丹。

贾若瑜

建军八十周年

首义南昌八十秋，人民军队壮神州。
十年苦战驱狼虎，八载降魔纾国忧。
推倒三山兴禹域，宏图四化建琼楼。
强兵富国开新页，务实求真竞上游。

访陈云同志故居

哲人故里悼前贤，往事萦思百感添。
毕世坚贞忠马列，一生廉洁载凌烟。
兴邦有道重生产，治国无奇赏罚严。
伟烈丰功垂史册，华堂千古仰高山。

题《红叶》

丹心映红叶，麟凤走笔端。
论道谈今古，啸吟天地宽。

贾梅璐（女）

破阵子·微山湖岛

山秀水光芦荡，日明云影花香。船上人家抛网乐，湖岸农夫打谷忙。微山鱼米乡。　岛上贤人遗址，山巅微子茔坊。往昔武工游击处，今日来瞻英烈庄。微山四海扬。

贾锡田

忆开国盛典

驻马泾川迎大典[①],欢呼雀跃夜难眠。
义山此刻如闻讯,应有新诗感地天。

注:① 中华人民共和国诞生时,余在古城泾川。唐代诗人李商隐曾居此。

夏必寿

水调歌头·红旗飘北山

——记六十七师石岘洞北山四次反击战

驿谷风雷激,战火漫云天。雄师正义,强弓硬弩箭离弦。打虎英雄跃出,迅猛冲过敌阵,神勇据山巅!盖沟肃残敌,血溅刺刀穿!　　敌拼夺,吾坚守,固如磐。次峰惨烈,阵地丢失又回还。敌炮疯狂轰炸,山石翻开三尺,我自屹巍然。石岘终攻占,红旗插北山!

卜算子·咏竹

根植万山林,不论何方土。暴雪狂风志不移,甘作松梅侣。　　新笋复苏忙,苍翠迎风舞。挺拔虚心劲节怀,刚毅终如故。

夏忠寅

纪念改革开放三十年

小岗村民敢领先,桃花源里好耕田。
破除旧典行新制,致富脱贫勇着鞭。

小小渔村史页翻,新兴都市注眸观。
特区试办开新路,引凤吹箫春意暄。

三十春秋一瞬间,民生国计换新颜。
辉煌成就惊环宇,特色旗飘著锦篇。

夏爱菊(女)

军　嫂

那年送你去参军,人在天涯心未分。
卫国当夸男子志,持家愿付女儿春。
高天明月中秋共,长岁空房美梦均。
驰骋疆场钦骏马,鸿飞捷报建功勋。

次韵刘相法老师

儿时便敬女豪英，跃马疆场梦一生。
秋菊缘来伴红叶，鄂东自古享贤名。
更抒志气风扬帜，未着戎装我是兵。
笔作刀枪同卫国，铁流汇入壮涛声。

党中奎

西南边哨帐篷对抗执勤有感

帐篷对抗打前锋，壮士戍边拼硬功。
不畏严冬冰作路，何奇盛夏雪飞虹。
岿然昂首八千米，转辗难眠九万平。
麦氏西归魂未散，应惊浩气满珠峰。

悼张自忠将军

山河破碎最牵魂，马革裹尸悲断云。
报国岂凭三寸管，驱倭极尽一躯身。
阵前赴义留青史，帷帐挥戈惊世人。
已是春花红两岸，风招垂柳悼将军。

步韵高立元老师《寄墨脱戍边模范营官兵》

江吼峰寒扎险关，踏冰餐雪守南天。
枕戈筑梦青春火，映照营边一片山。

徐 行

八声甘州·中国航天城

望祁连冰雪映金滩，凛冽接居延。在大漠深处，晴空极目，戈壁连天。清水胡杨红柳，环绕绿营盘。层塔拥神剑，直刺云端。　远射汪洋靶点，令强蛮震颤，霸气凋残。更神舟轻驾，天外访神仙。最开怀，声光霹雳，壮山河，华夏倍娇妍。东风劲，健儿奋发，宇宙扬帆。

贺新郎·天河颂

网络联银汉。气如虹、雄姿列阵，妙筹神算。往昔难谋新利器，珠算钻研原子弹。今喜见、天河璀璨。五百强中称第一，竞尖端奋战帆如箭。惊世界，怅然看。 长空明月星光灿。架鹊桥、牛郎织女，展眉相见。寂寞嫦娥闻快讯，报道神州当选。路漫漫、心头百感。玉树芝兰三湘育，盼来人、千万精英现。科技苑，广开宴。

徐 红

念奴娇·刘公岛

烟波十里，有辕门傍海、水师曾泊。小岛常年多远客，甲午风云重说。铁舰翻沉，金瓯破碎，蘸血签和约。兴衰前史，后人应知清浊。 无忘千古贤良，舍身惊魂魄。慈禧挥金忙庆寿，媚敌永成奇辱。穷易遭欺，弱难御侮、须建富强国。百年梦醒，东方时世非昨。

寄 怀

金戈铁马在胸中，指点江山两袖风。
抬眼北辰添浩气，砺兵东线挽强弓。
忙筹帷幄心难静，闲伴诗书腹未空。
操练韵文排八阵，吟坛战火亦通红。

望江东·南京军区军史馆竣工

烽火当年受降处，军史馆，丰碑竖。风云七秩铁军路，党旗舞，枪如柱。 白发将军盼朝暮，珍藏品，全托付。闪闪明眸有感悟，热血涌，江山固。

贺红叶诗社25周年华诞

边关戎马挽强弓，自古军营唱大风。
卸甲犹吟金缕曲，凭栏长啸满江红。
春回绿野晴方好，秋老丹枫色愈浓。
远望登高闻战鼓，诗坛正唤百夫雄。

徐 虹（女）

南 湖

一

南湖秀水报春喧，解意东风不启轩。
舫内筹谋天下计，且看星火已燎原。

二

一湖春水一湖烟，船载星辉挂远帆。
报晓鸡鸣催日出，朝霞红透九州天。

徐立稳

观摩上合组织联演

突鸣号角聚天神，大漠秦风卷汉尘。
部伍擎旗传令急，将军制敌出招频。
四蹄任踏千关险，一剑能安六国民。
捷报如飞堪赞叹，嫖姚今在也心钦！

徐连和

宋清渭上将登门论诗

泉城三月艳阳春，上将来敲陋室门。
平易近人情胜火，谦和下士语翻新。
身经百战谁堪比？学富五车吾岂伦！
相见方知相识晚，古稀又得一知音。

重访老龙湾三首

当年冒雪走沂蒙，父老乡亲夹道迎。
一路几多双拥曲，龙湾水暖寄深情。

日月穿梭二五冬，老兵思念老房东。
驱车千里寻茅舍，幢幢红楼尽换容。

竹南柳北湾依旧，桥曲亭新水照清。
杯举秦池酬父老，民安国泰万年丰。

徐武增

记叶帅视察驻烟台海军某部

一

八十书怀论废兴，芝罘岛上察军营。
挥毫泼墨深情寄[①]，励志兴兵方向明。

二

元戎题字记犹清，将士心潮逐浪腾。
卫国甘茹千种苦，海疆万里筑长城。

注：① 1979年8月，叶剑英在烟台视察时，为海军题词“努力训练，保卫国防”。作者曾赋诗面呈叶帅。

徐峥嵘

滴滴金·纪念刘少奇诞辰一百一十周年

明楼花发忆贤彦，安源火、百工唤。保卫苏区胜筹算，论修身文灿。　江淮晋冀勇征战，铁军威、敌倭颤。开创新华伟才献，祭刘公星粲。

徐洪章

参加《百年抗争诗词选萃》首发吟诵会感赋

短诵长吟气势磅，童声叟调语铿锵。
先贤曲赋诗魂健，志士遗篇翰墨香。
顿挫音回肠荡气，抑扬韵转血盈腔。
金秋又是一年好，红叶灼天化锦章。

柳梢青·重温“窑洞对”

年头岁尾，习近平总书记走访民主党派和全国工商联，重温毛泽东和黄炎培当年在延安窑洞关于“历史周期率”的对话。

取辱求荣，人亡政息，历史周圈。旧对重温，延安往事，地覆天翻。　新征履任双肩，续薪火、擎旗代传。善纳箴言，虚襟待士，社稷如磐。

殷立孝

鹧鸪天·《红叶》颂

枫染西山火样红，朝霞映照舞秋风。金戈铁马雕鞍歇，银发丹心学垒攻。　歌盛世，坦襟胸，抒吟军旅自从容。征程廿载声名著，丹叶飘香托彩虹。

登晴川阁

先有名诗后有楼，重修胜迹写春秋。
龟蛇对峙雄三楚，楼阁相邻绝九州。
幽境休闲情漫漫，人文荟萃意悠悠。
登高远眺烟波起，欣看长龙水上浮。

殷德江

雷锋赞

满腔民族爱，一颗报恩心。
未有惊人举，却教寰宇钦。

倪化珺

西江月·梦忆从军

晓月炊烟哨影，夕阳雉垛箫声。戎装几个讶重逢，争诉家山暖冷。　　跑道航灯闪闪，塔台号令铮铮。须臾万里雨兼风，又入霜晨清梦。

钱文仲

忆三下江南

漫卷旌旗动甲兵，周天风雪下雷霆。
松江夜渡寒侵骨，德惠争锋志成城。
云滚烟飞嘶战马，敌歼垒破祭长缨。
峥嵘岁月常回首，思握弓刀再出征。

临江仙·情系军营

戎马生涯情未了，梦中常演兵操。摸爬滚打自诙嘲。军歌雄壮曲，军号耳边嘹。　　特色军营豪气在，生龙活虎连朝。军科装备数新潮。富强兵马壮，何惧鬼喧嚣。

钱志宇

梦

新疆戍守日偏长，夜梦时常系故乡。
及到故乡寻我梦，谁知梦又返新疆。

顾志锦

为前沿连队送粮

甘岭挖坑铁壁防，断炊战友响饥肠。
汉滩川水飞流险，五圣山峰仄径长。
美炮转移同跃进，敌机扫射各奔藏。
匆匆百里崎岖路，我为官兵送米忙。

顾玉莹（女）

雨夜送特急电报[①]

雨骤风狂暗夜行，潮河怒吼似雷鸣。
踩空岂顾全身湿，铁骨丹心我是兵。

注：① 1952年我在海城军留守处电台任报务员，夜间收到朝鲜前线发来的特急电报，随即冒雨送出。

凌华光

藏南戍边曲

高寒侵战袍，风雪砺军刀。
异域三竿近，乡关万里遥。
南山观雪豹，锐眼识秋毫。
头上红星照，珠峰挺直腰。

读梁启超赞陆游诗续笔

一

亘古男儿一放翁，又文又武气如虹。
挥毫腕下风雷响，策马冰河挽劲弓。

二

忆昔靡风如乱云，秦淮河上日昏昏。
江山犹待如椽笔，再振诗魂与国魂。

凌朝祥

题赠某边防部队官兵

枪挑日月笔题诗，万里关山任意驰。
铁血男儿魂系处，边花塞草胜灵芝。

凌德祥

参观铁道兵史展有感

史展参观心浪腾，三荣传统老兵情。
抢修铁路支前线，援助友邦有盛名。
三线攻坚桥隧克，海防战备巨龙行。
春秋卅五征程壮，赞誉长留人世中。

纪念西藏农奴解放五十周年

农奴社会苦何深，一举翻身作主人。
春满高原天地美，抬头看处是祥云。

栾德成

江城子·节日思战友

柳营离别各西东。影无踪，信难通。曾记当年、卫国共从戎。即使相逢难认识，纹满面，体龙钟。　　夜来幽梦见英容。炮声中，勇冲锋。弹雨流星，鏖战月朦胧。今日江山披锦绣，金榜上，记军功。

江城子·忆渡江、上海战役六十周年

春风送暖进军忙。好儿郎。气轩昂。天险长江、横渡斩豺狼。要塞金汤全突破，追穷寇，捣京杭。　　沪淞战役久难忘。忍饥肠。血泥裳。弹雨流星，血战月无光。黄埔滩头飘赤帜，天将晓，整行装。

高　昌

宝塔山咏怀

遥看宝塔立青史，曲折延河唱正声。
碧落高超浮世渺，昂然一笑万山倾。

壶口瀑布留照

暴雨狂涛扑面来，一壶凛冽醉眸开。
黄河在侧豪情起，手挽风云我壮哉。

竹

万竿拔地碧云飘，借得阳和抽翠条。
风去穿枝看袅袅，雨来打叶听潇潇。
含情有梦萦山谷，即兴随春过板桥。
最喜清辉摇素影，几回明月立中宵。

高　荣

念奴娇·八女投江祭

浑河巨浪，作涛声、恸祭抗联先烈。林口当还诗债处，八女投江碑碣。投笔从戎，冷云高蹈，一柄劈山钺。须眉巾帼，一时多少豪杰。　　遥想东北当年，腥风凄雨，倭乱山河咽。义勇悲歌飚起落，横扫东夷猖獗。竭弹沉沙，折冲御侮，星陨苍天裂。一声霹雳，寇仇灰泯烟灭。

蝶恋花·铁道兵开发大兴安岭

林海挥师惊宿鸟。挺进呼源，踏破琼瑶早。敢笑雄关苍壁小，贯通隧道冰天晓。　　千叠松涛一线绕。汽笛声声，空谷回音巧。唤醒秀峰歌未了，串联林场知多少。

阮郎归·红了樱桃

战士阿朋，回村探亲，录下一个小镜头。

樱桃点点雨蒙蒙，小园香气凝。比邻阿妹唤阿朋，玉盘纤手擎。　　人俏丽，果晶莹。兵哥心鼓鸣。墙头传递雨中情，芳心细品评。

高　锐

忆叶帅创建军事科学院

东君又染绿葱茏，面对青山忆逝翁。
慧眼识才超伯乐，礼贤下士比周公。
倾听众议多民主，亲审戎章严谨风。
和颜悦色人端肃，科学难关协力攻。

重阳节登高远眺

纵目遥看西北玄，难忘大漠去巡边。
车行千里黄沙路，驼负双峰戈壁滩。
风卷砾尘天染墨，日燎焦土地生烟。
官兵坚忍荒凉苦，国泰民安心自甘。

登西山看红叶

不向风霜逞腊容，临终持节老来红。
纵无松柏耐寒力，却有英雄一片忠。

高立元

参观红旗渠有吟

劈开丛岳引漳江，飞出长龙绕太行。
一代愚公追梦想，十年血汗写辉煌。
彩虹凌越千峰绿，飘带垂旋五谷香。
不待青碑挥重墨，山姑对影正梳妆。

纪念毛主席在延安文艺座谈会上的讲话发表70周年

东风化雨一声雷，催绽百花争日辉。
滚滚桑干太阳照，纷纷冬雪北风吹①。
铸成血肉长城铁，装点关山锦绣堆。
宝塔之巅任穷目，神州无处不芳菲。

注：① 指在毛主席讲话精神的指引和鼓舞下，创作的长篇小说《太阳照在桑干河上》和歌剧《白毛女》等优秀文艺作品。

咏雷锋

一

炼自熔炉钉一颗，青春似火耀山河。
东风无语染新绿，唱响雷锋一曲歌。

二

生前燃起一团火，身后高悬一盏灯。
播爱人间洒甘露，神州无处不春风。

祭焦裕禄

包公谒罢祭焦公，一路清风到豫东。
铁面无私凭胆赤，鞠躬尽瘁自心红。
抑扬我咏倾情句，兴废谁敲醒世钟。
读破史书千万卷，沉浮缘水古今同。

高秀民

水调歌头·行经徐淮盐公路忆昔

四八南征事，六秩仍难忘。启程胶州湾畔，军旅下淮扬。拂面春风和煦，翠岭青松迎送，汗浸绿军装。一路轩昂气，哪顾敌机狂。　　追穷寇，歼顽敌，复城乡。益林告捷，众兴涟水映朝阳。三载腥风血雨，战局乾坤已定，策马望长江。今喜车流疾，大道尽康庄。

高怀柱

题手杖

三尺扶将好远行，关高隘险敢攀登。
有他相助人间路，何惧山多路不平。

谒杭州岳飞墓

报国从来忘死生，精忠刺字满腔情。
不容胡马踏边塞，岂料谗臣乱帝京。
十二金牌天可忍，八千子弟路难行。
哪堪亭畔风波起，肃穆悲吟吊帅星。

高建林

演习场感赋

漫漫征途岁月匆，轮台秋草映旗红。
冰峰云断天山路，宛马蹄翻大漠风。
虎帐谋成鼙鼓起，烟尘卷处炮车隆。
战歌声壮催人奋，欲向中军请铁弓。

高景芳（女）

女战友相聚

一

还巢凤聚老梧桐，昔日情怀昔日风。
襟袖尚存青果绿，时光已改女儿红。
坐谈国事眸生彩，偶试戎装体显丰。
两鬓添霜韵犹在，英姿不减木兰雄。

二

慈颜秀目感温存，谁料曾为军旅人。
衣着无华显庄重，言谈有趣透单纯。
传花初醉高粱酒，击鼓重游上苑春。
莫道珠黄莺半老，当年一笑也销魂。

郭　云

题桂林独秀峰

直上云天身莫倾，磨锋砺刃省阴晴。
如磐定得江山固，只记担当不计名。

郭　准

初入军营

同学年轻意气扬，纷纷投笔事戎行。
河边照影齐欢笑，灰布军装过膝长。

军歌响起

戍边卫国献青春，抢险救灾不惜身。
战歌响处群情奋，无畏只因主义真。

兵团往事

兵团战士走天涯，屯垦戍边处处家。
海角江滩潮气重，木床底下长芦芽。

郭子福

鹧鸪天·井冈山黄洋界

圣地心仪已忘年，登临急切看霞丹。井冈雄壮千峰耸，哨口巍峨万壑宽。　　风号急，鼓声旋，英雄何惧敌凶残。重温壁垒森严句，珍惜今朝幸福天。

郭石专

菩萨蛮·记下连当兵（选四）

四十多年前我从解放军长沙政治学校下放桂林某师当兵，正赶上该师野营合练。人生难得的实践，今日犹历历在目。

合　练

龙腾虎跃山河震，奇峰镇上雄师阵。合练即登程，三军如武神。　　强军须练够，三伏加三九。有幸我随行，荣当新列兵。

攀　山

朝晖喷薄林间路，崎岖小径青苔步。十万大山攀，雄师何畏艰。　　进山刚拂晓，深夜爬山坳。困极梦中行，醒来天已明。

抢　渡

晚霞映日天将黑，大军直赴漓江侧。炮火满天飞，硝烟遮日辉。　　战船争抢渡，溃敌频频虏。皆笑敌慌张，逃奔鸣乱枪。

射　击

天公有意开玩笑，倾盆大雨加风暴。更助练精英，撼山难撼兵。　　水中齐卧倒，射击仍然好。心热忘身寒，枪枪皆十环。

郭世泽

青岛悼贾社长

惊闻噩耗在胶东，触景依稀往日风。
游击堪称真猛将，文韬可比老儒雄。
典藏精准凭心正，笔墨殷勤育叶红。
再告诸君多努力，今生不负若愚翁。

郭邦录

忆援朝

坑道战

凿洞挖山鬼斧工，能攻易守自从容。
狂轰滥炸奈何我?地下长城显神通。

战后即景

硝烟散尽雾初开，纸虎折牙葱倒栽。
祝胜军民桔梗舞，春山染遍金达莱。

撤　军

战守东邻整六年，和平铸定大军还。
难忘阳德泪花舞，抬我一抛疑触天。

郭廷瑜

从军行三首

万变风云起宇寰，同舟共济克时艰。
男儿有志当兵去，不著功勋誓不还。

青年十万入营新，威武戎装着一身。
舍我微躯酬壮志，中华最美是军人。

扛枪入伍越昆仑，踏破征尘志气新。
迷彩青春终不悔，宁将热血铸军魂。

郭军民

放哨吟

条条山脉自为经，血气相通好养兵。
背上青峰都似我，天边伫立斩风声。

清　莲

碧水池中笑自开，尘身对影洒三杯。
清风捧起江南月，一朵荷花照我来。

唐　宋

建军节感怀

携笔从戎出玉门，一腔豪气写青春。弯弓每欲矢鹰隼，敲韵曾求泣鬼神。戈壁襟怀终不改，天山幽梦总相亲。临轩常忆都它尔，望月犹闻手鼓音。西域戍边筋骨硬，中原解甲杏坛勤。红尘浮世人将老，白发盈头志向存。无悔韶光酬军旅，有情笔墨颂乾坤。八一又至思良友，把盏临风对月吟。

诉衷情·报国

当年万里戍边关，匹马越天山。韶光洒去无悔，热血战风寒。　　跋瀚海，跨雪巅，卧冰川。藏食维饮，宿露餐风，以苦为甘。

唐元挺

闻袁隆平杂交水稻亩产破九百公斤大关感赋

一

闪闪金星耀太空，神州少长仰袁公。
破关九百杂交稻，福遍全球不朽功。

二

执着追求五十秋，风霜雪雨斗田畴。
“三良”夺得谷高产[1]，一颗丹心照九州。

注：① 即良种、良法、良田，是袁公多年来的经验总结。

唐志达（女）

初识《红叶》

一叶丹枫一首诗，如闻军号望军旗。
梦回细柳欣驰骋，豪情胜似少年时。

唐昌棕

鹧鸪天·思念

佳节中秋明月悬，海台两岸共婵娟。同根同脉同寻梦，共祖共宗共血缘。　　思统一，盼团圆，同胞骨肉总心牵。而今气爽风清季，正值回乡赏菊兰。

唐缇毅

风入松·忆军营雪夜站岗

边陲数九夜风狂，飞雪没林岗。持枪瞠目如碑立，眉封白、冰甲银装。忽尔苍狼长啸，悚然毛发贲张。　　熊罴在北逞蛮强，恶浪起龙江。积粮挖洞固金汤，好儿女争赴疆场。热血青春腾沸，军威士气昂扬。

鹧鸪天·八一抒怀

又听军歌唱大风，龙喷虎嗽啸天穹。也曾烽火边关戍，无悔青春为国雄。　　承父辈，建新功，赤心不改是精忠。至今笔底风云涌，要写中流砥柱峰。

破阵子·访老红军王定国

一百零三岁月，几经生死存亡。曾是蓬门童养女，幸入红军习武装。征程万里长。　“双百”英模人物，一生奉献担当。“后乐先忧斯世事”，且看松杉成栋梁。梅花沐夕阳。

注：谢老诗“后乐先忧斯世事，……三女五男皆似玉，纷纷舞彩在庭前”。王老喜画梅。

长城礼赞

君不见，万里长城出东海，腾空一纵沿岭去。雄关险隘扼山川，雪里霜中巍然矗。块块砖石櫂兵燹，棵棵草木浸血污。风刀雨箭四时侵，电闪雷击日月荼。铁骑金戈天地声，守边驱虏将士苦。忠魂冤鬼一丘腐，汉武秦皇皆尘土。历尽劫波化龙骨，站亦威，卧亦武，护我中华多元一体大家族。君不见，凄惨中华近代史，丧权卖国尽屈辱。朔风北劲熊罴猖，海盗东西撞门户。昏帝奸臣媚洋奴，赔银割地丧权路。国将不国族不族，辛亥首义帝制除。闭关锁国人之罪，罪加长城一何辜？民族意志摧折尽，自毁长城倾屺覆。华夏龙人脊梁骨，站亦威，卧亦武！不丢中华一寸土！君不见，黄河长江汇百川，民族融合同进步。雉堞敌楼化图腾，横空出世蛟龙舞。南湖旭日耀东方，巨手高擎镰刀斧。井冈星火遍地燃，铁流北上二万五。抗倭八载军民勇，长城内外烽火怒！百万雄师定乾坤，推倒“三山”天下曙。中国人民站起来，站亦威，卧亦武！建立国家民作主！休言长城穷黩武，干戈玉帛互为伍。朋友来了有好酒，熊罴来了用锅煮。通关互易睦边邻，开疆出使拓丝路。长城从此振雄风，在做崛起擎天柱；民族复兴梦要圆，欲绘九州全舆图。“把我们的血肉，筑成我们新的长城……”国歌一曲震寰宇。君不见，人民军队绿色长城忠诚筑。长空展翼，四海安澜，金瓯永固。保我江山万里锦绣铺。长城，长城，华夏龙人脊梁骨，站亦威，卧亦武！长城，长城，带砺河山，擎天拄地，世界当惊殊！

浦大铨

《铁道战士》报[1]

铅字轮盘速印编，军情捷报战场宣。
严寒酷暑皆无畏，敌机临头亦泰然。
握管抒情歌劲旅，挥戈讨伐斥强权。
铁兵战士创奇迹，伏虎邻邦颂凯旋。

注：① 《铁道战士》报，是志愿军铁路指挥局机关报，当时有六名编辑、八名工人、一架印刷机，出版周双刊。

水调歌头·缅怀毛泽东

泽润惠东土，力拔倒三山。唤起劳苦群众，舵手导樯帆。武略文韬盖世，韵雅风骚独领，神采万斯年。伟绩昭天日，德重著山川。　继遗志，承大业，续新篇。同胞四海携手，共铸中华园。图治励精兴国，远瞩高瞻深虑，广厦奠基坚。赤县陈新貌，乐奏舞蹁跹。

涂　键

拉炮进山

加油口号伴军旗，拉炮进山无可迟。
哪怕飞廉风阵阵，何愁屏翳雨丝丝。
钢肩挑得乾坤动，铁手能将湖海移。
霹雳如琴溪唱和，天然沐浴好吟诗。

调笑令·军嫂

清瘦，清瘦，背上男娃尚幼。才给青稻灭虫，又看南山豆红。红豆，红豆，捎去放心依旧。

涂光熙

白堤荷景

荷塘漫步雪花间，扑面清香思绪绵。
不染污泥不妖艳，做人要读爱莲篇。

涂运桥

渔家傲·警营有赠

抛洒青春多慷慨，征途岂惧雄关隘？为保平安终不懈。除危害，携枪出警斜阳外。　　重案迷离如雾霭，拨开线索千重碍。破解难题收网袋。豪情迈，斑斑白发新兵爱。

南沙感怀

踏浪南沙欲斩鲸，海深无语赖谁营？
长空鹰击列强梦，群岛旗扬华夏声。
歌舞台前金万两，国徽肩上月三更。
守疆固土男儿志，抚剑时闻风雨鸣。

清明祭奠公安英烈战友

清明扫墓，祭奠与我同岁战友，其英年逝去，情何以堪！惟诗以祭之。

清明雨，柳万缕。今春又叩石门去。先烈墓前香一炷，高烧红烛暗心许。为破案情佳节误，擒凶誓将歹徒缚。炸弹飞来无畏惧，只身扑倒如卧虎。满城百姓同称誉，赖有英雄来守护。清明雨，向天语。青山忠骨长相抚。祈祷英魂卫我土，为保平安险难阻。轻拂碑文倾肺腑：佑我中华灾难除，佑我炎黄子孙富，佑我疆土金汤固，佑我公安功勋著，佑我江城黄鹤驻，佑我长寿母与父。清明雨，柳万缕。石门峰外墓难数。绿草萋萋心上诉，苍松一片墓前戍。头顶国徽风正举，还将壮志和春住。

临江仙·“诗警印象”文化墙落成

营内诗墙营外警，江城初夏风清。归来漫步望湖亭。两三丛翠竹，四五只黄莺。　　已是黄昏明月上，休论圆缺阴晴。平安但守恨何生。年年风雨里，又向虎山行。

寇万通

抗日民族英雄节振国

冀东大地矗丰碑，刀劈宪兵誓死归。
民族英雄传四海，勿忘国耻更思危。

忆中国首次海上航测[1]

何惧惊涛万里程，低飞展翅探沙坪。
海边航测谁颁令，总理麾兵破浪行。

注：① 1958年8月，周总理命令水上飞机部队航测苏北五条沙，我飞行21架次、76小时，照相4500张，覆盖面积2万平方公里，历时3个月，受到周总理表扬。

黄　克

聆听朱德总司令报告[1]

胸怀大略统三军，前线巡查脚步勤。
慷慨激昂增士气，济南淮海捷音频。

注：① 1948年夏一个夜晚，在河南濮阳县，由陈毅主持，朱德给三野部分营以上干部作报告，进行大决战前的政治动员。

寇梦碧

水调歌头·南极考察队

鹏畏寒冰海，飞渡向阳轮。凿开长夜混沌，极处辟乾坤。振翅企鹅鼓腹，昂首银鲸摆鬣，歌舞献嘉宾。一色皓无际，夺魄是冰魂。　　冰雪站，红旗展，映朝暾。宏微世界在握，绝域建殊勋。万里波涛狂吼，十二级风怒扫，龙性岂能驯。打破长冬狱，放我浩然春。

黄　新

摊破浣溪沙·庆空军成立五十周年

云似惊涛霓作篷，战鹰展翅九霄重。为保金瓯臻永固，献精忠。　　搏击长空千万里，戳穿纸虎猎罴熊。五十春秋捐热血，彩云彤。

采桑子·贺新型地空导弹发射成功

倚天长剑冲天啸，兀立如峰，弹发云中，电掣雷鸣霹雳风。　长城万里金瓯固，鹰击长空，天马如龙，威慑敌魂弯劲弓。

鹧鸪天·贺空降兵部队

朵朵伞花耀彗星，晴空霹雳降神兵。尖刀刺敌魂飞散，笑傲长空热血腾。　来匿影，去潜踪，排山倒海鬼神惊。丹心常系金瓯固，大地蓝天写赤诚。

黄力天

开国将军吴克华画传读后

名将身经百战多，舍生忘死不蹉跎。
艰难跋涉长征路，睿智奇抄日寇窝。
浴血辽西功卓著，倾情二炮谱新歌。
忠心赤胆堪称楷，熠熠辉光永不磨。

黄士伟

怀念朱德总司令

敌骑凭凌鼓角哀，红军主帅破关来。
沙场草檄谴顽寇，马背吟诗响疾雷。
开国首登龙虎榜，评功谦钓子陵台。
千年动乱怀雍穆，不信春风唤不回。

黄小遐

八声甘州 并序

烈士石博涛于30年前参军入疆，在修建独库公路时任排长，为救战友英勇牺牲。烈士双亲思念儿子，至今每天都收看新疆天气预报。

正潇潇雨急暮云寒，檐下滴声残。报西陲又是，风凄路阻，雪拥边关。白发倚门独伫，泪眼望天山。惟有沉沉夜，不见儿还。　记得戎装初着，赴天山深处，三十年前。把丹心许国，已作雪中莲。是英雄，忠魂处处，在国疆，何必返家园？争由我，把双亲慰，但指凌烟。

黄凤汉

延安毛主席菜园观感

窑旁几垄方形地，仍种辣椒和菜苔。
孰晓当年双茧手，辟开九域后人栽。

黄玉庭

己未清明瞻仰泉山抗日碑廊

雨霁丛林着嫩妆，青山怀抱认碑廊。
志铭烽火追思远，松荫流泉感念长。
不朽英名垂史册，留存浩气续华章。
清明又到春晴好，献上心花一束香。

西江月·喜读《红叶》

一卷心声《红叶》，三军将士吟台。香山寄语伴春来，写满长城风采。　　如醉乡亲絮语，放歌家国情怀。诗花朵朵竞妍开，寄往边疆要塞。

黄代培

鹧鸪天·访旺苍怀徐帅

总部挥师驻旺苍，天开川陕赤旗扬。敌兵堵截围追剿，步步为营似虎狼。　　神妙算，勇攻防，取关夺隘渡嘉江。红军所向皆披靡，伟略雄才日月光。

黄礼贤

鹧鸪天·兵心依旧

素昧平生戎马缘，雷锋异彩贯流年。真情切切春风沐，大爱悠悠岁月传。　　诗尽兴，意无边，醉了以往醉今天。兵心不释兴邦志，再著神州梦想篇。

写在烈士纪念日

千秋一祭恸东方，枫叶新红菊正黄。
共酿泱泱国人泪，泉台遍洒做琼浆。

黄亚青（女）

临江仙·做军鞋

月色朦胧茅舍亮，挑灯夜战无眠。飞针引线笑声喧。深情凝挚爱，“天尺”送君穿。　　战士出征心底暖，惧何路远天寒。长驱万里“踢倒山”。歼倭捷报至，姐妹竞相传。

盆　景

瘠土根埋浅，缠枝育怪胎。
本应千尺树，缩作一盆栽。
众口夸奇态，吾心惜错裁。
若能归故野，伸展作良材。

黄志成

赋野草

独伴寒花初报春，怜香顾影不需闻。
闲将天地通一碧，老向山河洒万金。
莺燕啼时埋战鼓，烟霞起处没蹄痕。
知君能解乐天意，早把功名委与尘。

黄念三

游晋祠

剪桐封弟泽绵长，胜迹留传日显彰。
周柏隋槐矜古拙，唐碑宋殿阅苍黄。
瓮山翠耸青螺髻，难老泉流碧玉浆。
愿借灵祠三掬水，化为霖雨润千乡。

黄炎清

风入松·读任海泉将军组诗《中华五千年》

文明古国历沧桑，世代继炎黄。探源拨雾存诗史，一行字、一寸衷肠。雁去洛阳纸贵，鱼来翰墨书香。　　流连我辈步诗廊，立雪冀登堂。同心共筑中华梦，愿任公、再铸辉煌。曲水同闻竹籁，松亭坐对流觞。

黄秋文

中共中央从西柏坡迁北平

乍暖还寒进北平，开基建国定都城。
谆谆告诫防糖弹，务必心中座右铭。

黄维经（女）

鹧鸪天·浪花

自古诗人爱品花，可曾光顾海中她？春秋冬夏频开放，不管日升与月斜。　　或怒放，或含葩，千姿百态赛云霞。弓弦自带难离舍，旋律悠扬不自夸。

虞美人·崂山乐

古稀耄耋休言老，意趣知多少？相邀六月上崂山，采杏吟诗翁妪尽开颜。　　从来战友情深厚，更有诗朋久。人生无愧即风流，恰似满山红杏闹枝头。

黄耀德

离休感赋

半生戎马任纵横，解甲离鞍身已轻。
每倚南窗读文史，时游闹市看繁荣。
常怀往昔峥嵘日，尤恋柳营豪迈情。
似箭光阴人渐老，丹心永伴战旗行。

萧立中

江城子·观《老兵足迹》老照片展

青春似火旧时情。别亲朋，踏征程。烈焰如荼，陷阵响雷霆。猎猎红旗飘大地，流热血，缚鲲鹏。　　而今鬓发渐凋零。住深城，享清平。回首当年，依旧血奔腾。老树新花犹自发，香满院，笑盈庭。

萧永义

毛泽东批注本《毛主席诗词十九首》出版漫成①

出世横空邀北斗，千载交辉十九首。璧月澄照五羊城，浮藻联翩缘鲁叟。饕蚊遥叹不堪听，安得千万起愚公。一扫蚊阵清寥廓，四时凉热五洲同。国际歌连剑南曲，璀璨星河毛与陆。关河梦断暗貂裘，乱云飞渡狂飙落。兰泽芙蓉欲遗谁？素裹红装淡扫眉。斑竹亦当开口笑，寒岩百丈有花开。

注：① 余读毛诗逾半世纪，集有《从滴水洞到中南海——毛泽东诗词百咏》（蒙前辈贺敬之老、周克玉上将题签）。今逢毛批十九首本问世，不可无诗，漫成一章，就正方家。

菩萨蛮·喜看央视中国诗词大会

齐烟九点浮中国，风骚一线穿南北。天远月横江，关山气独苍。　　沙鸥飞浩荡，翡萃兰苕上。梦好欲重寻，仙源草自春。

遵义巡礼

红色观光老少边，南行千里入川黔。
长空未见霜晨月，丛菊新开碧玉簪。
永忆秦娥生妙笔，四萦赤水出奇篇。
雄关漫道真如铁，野草无声拂远天。

渔家傲

2010年5月9日，数百老兵集会远望楼纪念中南解放60周年。

岁月峥嵘追往昔，中南甲子回天日。猛士如云神鬼泣。丰碑立，月明四野花如雪。　　与子同袍曾执戟，人间天上情何及。远望楼高星历历。殷勤觅，衡阳雁去云千叠。

萧如九

湘南游击战组诗（选二）

夜袭蓼市

苍茫夜色隐奇兵，急步羊肠远袭征。
酣梦敌军成败虏，义师天降似雷霆。

大瑶山反围剿

敌军压境势汹汹，合击围攻枉自雄。
避实冲虚强虏溃，转移敌后我从容。

萧定才

进湘南

鸿雁传书字字香[1]，红旗一展入南湘。
春风解得征人意，绿了郴州绿邵阳。

注：① 1949年，随解放军军事管制委员会从长沙奔赴衡阳，参加接管湘南各县邮政机构，恢复通信。

辜载生

水调歌头·龙山剿匪

衡宝传捷报，黑雾漫龙山。匪徒肆意抢掠，鲜血染蓝田。牵制合围主力，清剿残余敌寇，号角震山川。铁骑驱魔影，涟水熄狼烟。　　敌酋获，猢狲散，穴巢残。同心盟志，锄恶务尽再挥鞭。童稚巡逻放哨，姑嫂奔波规劝，青壮把牛牵。微笑岳坪顶，又是艳阳天！

古田惊雷

山峦含黛层林染，暖意萦怀恋早梅。
傲雪凌霜依信念，扬清激浊扫尘埃。
斑斑炭迹光芒永，浩浩神州火焰催。
脚步铿锵凝血性，古田会议又惊雷。

曹立坚

画堂春·建国六十周年大阅兵

京都亮剑展豪雄，银鹰啸傲长空。金戈换骨夺天工[1]，气势恢弘。　　猛士英姿神武，峨眉飒爽峥嵘。复兴鼎业见精忠，敢缚苍龙！

注：① 换骨：阅兵所展示的主要装备，全部是国产的。

采桑子·桧仓谒毛岸英墓

森森松柏英风飒，冢立崇冈，侠骨流芳。义薄云霄誉万邦。　　凤凰浴火忠魂永，勇射天狼，继绝存亡。常眷他乡瘗国殇。

曹玫琳（女）

清明祭曹英烈士墓[①]

清明时节雨纷纷，来拜宁阳烈士坟。
镣铐难磨钢铁志，艰危方见赤诚心。
英灵已作蓬莱客，德范常昭梓里人。
勿忘先驱捐热血，浩歌一曲慰忠魂。

注：① 1946年7月28日，时任山东省宁阳县五区区委书记的曹英同志，在沈家平树林里召开减租减息动员大会做报告时，被敌人包围，壮烈牺牲，年仅28岁。

曹振民

赞中央八项规定

文山会海假长空，排场骄奢腐败虫。
火眼金睛抓要务，雄心赤胆倡清风。
条条挚语昭天下，句句真言为大公。
开局新篇风气正，率先垂范力无穷。

戚长生（女）

今日新疆

车似游龙日夜忙，高楼栉比亮新装。
接联欧亚新丝路，商贸交流旧友邦。
西气东输通四海，南棉北运过三江。
和谐百族同圆梦，更唱新疆好地方。

忆秦娥·维稳英雄赞

西风烈，警笛长啸人关切。人关切，紧急救助，未曾停歇。　赴汤蹈火忠诚竭，青春壮美心飞跃。心飞跃，枕戈披甲，赶星追月。

常晓峰

庚寅冬月登虎头观察哨

哨塔登临心界开，山川草木入襟怀。
茫茫冰雪天凝地，烈烈风寒铁化霾。
“三约”割疆遗巨耻，一公收土有余哀[①]。
逢时不负燕然志，扫尽神州万里埃。

注：① 三约：指《中俄瑷珲条约》《中俄北京条约》《中俄勘分西北界约记》。十九世纪七十年代左宗棠率军收复了除伊犁以外的全部新疆失地。

拉　歌

此起彼声高，豪情胜浪潮。
欢呼化歌海，直破九重霄。

柳梢青·巡逻

雪箭抛针，风刀刮骨，冷刺锥心。迢递层峦，依稀故道，浅浅深深。　苦行磨砺戎襟，况华夏、多经陆沉。万里家园，三军赤子，塑立国门！

崔以军

喜读《陈毅诗词选》

将军百战事戎机，立马豪吟横槊诗。
剑气冲天摧夜黑，琴心盈耳引朝晖。
几番杯酒开金石，一旅江淮镇虎罴。
犹有鸥盟神韵在，万行珠玉抵雄师。

海校练兵生活

大雪纷飞夜出航，浪山波谷演兵场。
军风炼出擒龙手，入梦心驰万里疆。

鱼雷艇

势挟军威待命开，双双潜入带惊雷。
火光一片腾空起，笑观敌舰海中埋。

崔育文

点绛唇·“八一”节重抚军用针线包

吟韵无成，翻箱倒柜寻佳句。号声些许，梦里拥军侣。　手捧藏包，泪洒情千缕。针常抚，线缝风雨，诗挂星光处。

忆儿时母亲借月光为我补鞋

趾坚顶破三九天，弯月缠云凑点棉。
银发缝出红日暖，至今两脚不输寒。

浣溪沙·金海湖舟中听一位老者讲述当年战斗故事

漾漾湖光撩人情，撚须拄杖上船行。涯边故事忆红缨。　激动泪花催浪涌，静听潮水荡胸生。掌声托起夕阳红。

符静涛

参加广东省军区老干部大学学习十周年抒怀

十载黉宫美誉扬，耆年负笈伴书香。
手中笔管成枪杆，眼里文山是战场。
泼墨挥毫勤演习，吟诗作画创辉煌。
从戎报国心依旧，解甲归休志更昂。

康书林

八一建军节感言

卸鞍仍爱着戎装，梦里红花赴战场。
细数平生多少事，最难忘却是边防。

行香子·谒杨靖宇住过的窝棚

桦木遮天，苔滑藤缠。念窝棚、风冽霜寒。焦痕冷灶，铭记狼烟。听林涛吼，三江啸，白山汍。　先贤今酹，新醇热泪，禀忠魂、安息黄泉。山青水碧，国裕民宽。正春潮涌，千帆竞，百花妍。

读《星火燎原诗词选萃》

夜吟《选萃》心潮沸，铁韵雄篇血铸镕。
星火漫天燎大野，春雷动地醒蟠龙。
英魂若炬征程亮，浩气如歌国运隆。
诗史煌煌谁手出？枫林秋色看霜浓。

康自强

谒雨花台烈士陵园

满目芳菲松柏青，雨花台上仰英灵。
巨碑耸立崇高节，雕像俨然壮烈行。
风雨苍黄翻旧制，云霞灿烂蔚新城。
金陵兴废史明鉴，莫忘江山碧血凝。

鹿祥兵

读毛泽东《人民解放军占领南京》诗

九州风雨共沉思，忆向湘波赋壮词。
大地为棋高手弈，长天作纸巨人题。
当时北国寻真理，此日南京斩旧旗。
二十八年多少梦，江山一统即心期。

一九四七年转战陕北途中的毛泽东

旷野何人揽辔迟，征程不废赋新诗。
指挥貔虎三军日，席卷江山万里时。
横槊正须佳句壮，扬鞭只待庙谋奇。
请君试看晨曦下，铁甲银冰露未晞。

瞻第十八集团军山东纵队第一旅烈士纪念碑

棋山观外汶河滨，此地曾经炮火殷。
倭国苍狼临死地，神州赤子扫残云。
岂无仗剑降妖者，更有挥戈退日人。
但见当年鏖战地，古碑无语立黄昏。

学文化

硝烟洗去入书堂，武将初闻翰墨香。
昨日挥刀驱寇虏，今朝握笔脱文盲。
春园荷锄滋甘雨，学海扬帆迎曙光。
骊颔探珠虽不易，翼生虎背更威扬。

四江月·早操

东海星眸微启，林间小鸟犹眠。喊声划破五更天，人影风驰电闪。　　银鹤穿云狂舞，金龙绕杠盘旋。蹿腾跳跃扣心弦，矫健轻盈如燕。

章杰三

刘公岛

不吊刘公吊邓公①，绿衣默默仰英雄。
青山细数抗倭史，碧水常歌殉节翁。
大炮虽暗含国恨，铁锚已锈证元凶。
今朝海上长城起，巨舰犁波破浪风。

注：① 邓公指邓世昌烈士。

章国保

转　业

应征戍岛廿春秋，卸甲胶东任去留。
跃马回程奔大道，乘风破浪泛中流。
云消日出观新宇，月朗星稀忆旧俦。
战友情深挥泪别，夜阑人静咏庐州。

忆送三百名退伍老战士返洪泽湖家乡

脱下戎装不忍离，眼看战友各东西。
车轮滚动无言别，泪雨纷飞有会期。
晚过徐州行夜道，晨经李口绕湖堤。
人归故里谋新业，何憾登楼起步低。

留　任

鲜红手印寄情深，小岗尤需领路人。
土地承包虽有谷，楼房建筑尚无金。
雄图美景凭椽笔，破浪扬帆赖核心。
瞩望殷殷君不负，一腔热血报斯民。

章雪松

送老兵

时值年少正春风，书剑同携征梦鸿。
戈壁狂沙忽两载，仙湾飞雪又一冬。
江山还待营盘客，岁月不容流水兵。
军绿好随一醉去，归乡莫忘佩花红。

商洪玉

访空军航空兵某师

一声雁叫曳长空，弥望秋峦色愈葱。
血性担当临战奋，山河壮采寄情同。
曾教飞寇王牌落，每爱云屏鹰眼雄。
万里疆天巡铁翼，军魂浣得海霞红。

雁门关

雁门关外满山黄，千古笳声载道旁。
城堞锋痕掩苔绿，禅云檄羽忆天苍。
金沙莽莽旗风猎，紫塞巍巍秋月凉。
砥剑长空飞将在，安澜回看小扶桑。

南京雨花台缅怀先烈

泪逐江涛云气屯，人间谁植四时春。
骨埋枫岭千秋碧，剑啸龙城一梦真。
石自凝辉纷彩雨，池犹倒影忆征尘。
拼将十万头颅血，换取山河日月新。

阎树铭

高阳台·远眺楼上

放眼雄边，明山秀水，时光正值初秋。霜叶红枫，引人魂绕神游。玉关柳色昆仑月，绾烟尘、笔梦嘉州。再登临，气爽天高，更放歌喉。　　当年戎马天山路，尝暑寒倥偬，梦里难收。屯垦西湖[①]，风餐露宿无求。扬帆争逐商潮去[②]，浪头狂、耳畔声留。望斜阳，渐别峰峦，犹照斯楼。

注：① 西湖，新疆乌苏县别称。② 商潮，指1964年全国学解放军，全军百万干部支援地方商业创建政治部、政治处等。

红旗拉甫山口

天柱赖昆冈，关门立昊苍。
旗扬凌塞月，马踏傲严霜。
脚底为吾土，峰头即故乡。
雄边谁第一，壮士古无双。

梁有棠

忆平叛战斗

苍茫原始老林深，蔽日遮天岚气熏。
蔓草枯枝织重障，悬崖峭壁裹浓云。
蛛丝马迹需明辨，鸟叫虫鸣仔细分。
脚步轻移搜索进，钢枪紧握靖妖氛。

梁志新

忆昌潍战役

拼杀赤胆气昂然，亮剑神兵勇向前。
一扫陈年污秽土，昌潍民众见晴天。

梁扶千

滕海清老将军百年诞辰感旧

表率言传育劲兵，宽严相济众成城。
建军曾获刘陈誉，杀敌更膺模范荣。
厚德感人尊老汉[①]，忠诚对党贯生平。
英风烈烈垂青史，建国功臣享令名。

注：① 滕海清同志任团长时，部下均亲昵地称之为“老汉”。

梁星寿

参观雷锋纪念馆有感

平凡事迹也风流，雨润心田绿九州。
荣辱分明为榜样，永垂青史耀千秋。

生死交接岗

敌军偷哨事常多，夜岗交班费揣摩。
误射三枪头顶过，阎王不要大兵哥。

梁满怀

故乡行

自幼参军别故乡，归来已是鬓毛霜。沧桑岁月山河变，舜日尧年民裕康。寨口老槐迎远客，村前溪水奏欢章。寻找昔日登山路，辨认儿时戏水塘。坡上梯田林果硕，沟边岸畔豆蔬香。恋山恋水乡情系，感慨依依又别庄。

山娃驾战鹰

翻身农户子，伐蒋志从戎。
策马追穷寇，荷枪步九重。
扶摇钢铁翅，搏击雨云风。
练就精良艺，巡疆戍海空。

梁蓬英（女）

辛格尔哨所

一

瑶池洒落两滴泉，一淡一甜却比连。
滋润飞沙方寸土，柳营春翠似江南。

二

鱼翔水底坠云间，风曳芦梢跃鸟喧。
不见孤烟旋漫漫，留得落日染天边。

长相思·军嫂

夜月陪，旭日随。风掠青丝细汗飞，双肩家业背。　　比翼追，爱芳菲。禀报安康絮语微，放心成九陲。

隋鉴武

锥　山[1]

新正十六月如盘，携得清风上此山。
望海粼粼千里闪，数村隐隐万家安。
钢枪在握心长惕，雷达鸣旋夜不眠。
仰视一峰浑似剑，凛然直刺傲青天。

注：① 锥山驻有我部一个雷达站。作者曾随首长到此检查战备，看望值守人员。

览长山列岛海图有感

壮岁曾为海上飞，长山列岛绕多回。
乘风驭舰熟航道，破浪依方练扫雷。
仙境空濛晓迷目，渔歌阵响晚迎归。
重洋若有鸟云滚，仗剑扬帆不皱眉。

富玉荟

圆明园写生

清晨银发聚名园，自选景屏舞墨颜。
惊鹊枯塘啄疏苇，飘烟曲径小桥寒。
丹枫万叶参天树，云雾氤氲罩远山。
竖抹横涂一幅画，老师远看笑无言。

满江红·抗震救灾

地裂山崩，烟嚣处，风狂雨骤。岷江咽，禽鸣猿啸，悚惶昏昼。古镇名城堆瓦砾，巴山蜀水失灵秀。子弟兵，受命不稍停，灾民救。　　士气奋，情谊厚。肩磨破，衣湿透。更驾鹰空降，英雄身手。　　众志成城动地心，顽强拼搏惊天吼。待从头，建设好家园，新歌奏。

彭松青

上老年大学电脑班

与时俱进学微机，未泯童心仍好奇。
外点鼠标窗口变，内存胜景令人迷。
读书游戏皆成趣，绘画写诗都适宜。
老岂无缘新技艺，精研苦练泰山移。

彭明煦

追记抗美援朝

奋臂弯弓箭在弦，隆冬腊月出延边。
千村泣血三焦涌，万里哀鸿五内煎。
初试牛刀寒敌胆，屡歼顽寇靖狼烟。
凯旋之夜阿妈送，泪涨秋川鼓震天。

彭俊德

眼儿媚·忆昔

从戎投笔忆当年，壮志逼云天。冰封去路，雪迷津渡，步履尤坚。　　将身许国男儿事，矛戟重双肩。端枪守月，刺刀拼血，记忆犹鲜。

临江仙·铁路上高原

雪域高原天接壤，兴疆铁路宏谋。穿山隧道世称稠。愚公能改旧，强汉不低头。　　漫道奇寒常缺氧，辛勤不计春秋。藏胞协力大功酬。铁龙西部去，鸣笛过千丘。

临江仙·苏东坡

千古文章多俊杰，苏公更著风流。六言四句写春秋①。乌台诗有泪，赤壁韵无俦。　　自有江山留胜迹，蜚声誉满神州。中华崛起展鸿猷。东坡谁继起，铁板唱金瓯。

注：① 苏东坡题像诗：“心似已灰之木，身如不系之舟。问汝生平功业，黄州惠州儋州”。后人称为“二十四字论生平”。诗中的三州，乃诗人创作道路上的三块丰碑。

进京参加“当代军旅诗词奖”颁奖大会有感

扑面吹来一阵风，清心醒脾励龙钟。
戎装褪尽青春色，但爱秋山夕照红。

彭振辉

感　怀

韶光好似电光驰，转瞬童颜挂白眉。
得意征程风带雪，钟情军旅梦牵师。
青春重返疑无计，耄耋风雄正有时。
舒展情怀停不住，写来都是奋进诗。

班　长

巡逻出发月初残，检点行装逐个看。
掮好钢枪紧腰带，当心半夜北风寒。

浣溪沙·怀念建筑连战士

建座新楼唱首歌，我连战士好歌多。双双巧手垒金窝。　　七载同窗同吃住，情同双桨拨清波。催舟奋进未蹉跎。

彭楚纯

水调歌头·红日映东方

大海洪波涌，红日映东方。莲花朵朵开放，更有紫荆香。田野丰登五谷，都市行销万品，捷报竞传扬。国泰民安好，岁岁著呈祥。　举红旆，展新卷，策康强。飞船宇宙游弋，科技富城乡。高峡平湖览胜，天堑通途腾骧，一路入康庄。华夏风光美，处处沐朝阳。

葛庆平

过索桥

碧水滔滔雾漫天，江心横锁半空悬。
躬身趋步蹒跚过，当忆红军铁索寒。

董　鹏（女）

踏莎行·燕归故里

春色娇娆，阳光辉耀，柳条含翠轻烟绕。双双紫燕尽徘徊，似曾相识家难找。　不见窝巢，怎生宝宝？主人遥指康居笑。欢欣燕子叫呢喃，美观舒适齐夸好！

董士奎

江城子·海防哨兵

银波浩瀚怒涛狂。白茫茫，际无量。防范妖魔，伴月卫疆防。月照影身人两个，心沉着，不慌张。　沙霾弥漫月无光。一身凉，满头霜。蛙叫虫鸣，齐奏五音腔。天上星星云里躲，谁陪我，站双岗？

董文义

月夜忆海防战友

孤月照边城，寒涛诉别情。
为君歌一曲，犹是战时声。

谒一江山战役烈士陵园

三军协力卷残云，穷寇灰飞靖海门。
血染枫林红似火，朝朝暮暮伴英魂。

重温《共产党宣言》

思驭风云思绝伦，道通今古道存真。
摩挲老眼从头读，旧雨重逢倍觉亲。

董杰民

纪念许光达司令员百年华诞

硝烟烽火建殊勋，风雨沧桑四十春。
铁甲扬威挥节钺，壮心不已见精神。
为公忘我垂英范，尚武崇文育后昆。
已是百年思虎将，一杯薄酒祭忠魂。

蒋奇才

一剪梅·赞嫦娥二号

揖别红尘翥太空，揽月巡天，探测迷朦。茫茫玉宇任腾龙。雷霆万钧，吐焰穿虹。　　把酒天庭唱大风，饮马银河，亮剑苍穹。且听豪气自心胸，情亦由衷，诗亦由衷。

鹧鸪天·游壶口瀑布

九曲黄河此最豪，涛声百里震云霄。开疆河道分秦晋，入史精英逐浪涛。　　思往事，看今朝，几多骚客喜挥毫。深情一曲黄河颂，今古英雄竞折腰。

蒋荫焱

萧山留别

戎装一着欲弹冠，热血男儿志似磐。
许国从今初上路，回澜桥畔不回澜！

从军经年寄意

炮火沉沉摇海岳，波涛滚滚卷烽烟。
几经磨炼书生壮，甘为人民长戍边。

蒋继辉

致塞外战友

记否长城共卧时?激情岁月总相思。
枝头春信雪先报，塞上秋风雁独知。
草地巡逻争悍马，漠天拉练夺红旗。
最香不过茶当酒，端起牙缸碰掉瓷。

参观微山岛“铁道游击队纪念园”

碑耸湖心岛，英名誉万家。
浪埋洋鬼子，风奏土琵琶。
岁月经霜靓，山川浴火华。
神州何久固？魂魄铸篱笆。

秋访古田

五彩层林染上杭，闽江澄澈闽山苍。
崖前标语旧痕在，碗里南瓜回味香。
战地黄花连片片，基因红色续长长。
当年一首古田曲，今日依然绕梦乡。

橘子洲头瞻毛泽东巨像

水映峥嵘势，波流岁月痕。
林中枫未染，碑上韵长存。
一日洲头立，千秋天下论。
雄姿隔江望，万类拱昆仑。

韩　风

忆豫东战役

濮阳休整练精兵，五月渡河过郓城。水泊梁山今何在，英雄好汉传美名。玉黍吐穗遍地绿，正是逐鹿满豪情。粟裕深谋钓大鱼，奇兵突袭攻汴京。区军丧师龙王店①，孤旅挣扎葬龙亭②。从此战局换新貌，齐鲁中原任纵横。

注：① 区军，指区寿年兵团。② 龙亭，开封守敌最后固守的核心阵地。

韩守一

冷口关宿营

日暮寒关静，炊烟绕野营。
乡途遗旧梦，故土寄深情。
夜半茶当酒，更深月点灯。
倾谈思绪烈，远处野狼声。

韩其坤

读《八位将军魂归塔山》有感[1]

当年阻敌塔山陵，六度晨昏忘死生。
炮火连天龙虎啸，硝烟匝地鬼神惊。
敢教日月光重现，甘为黎元血尽倾。
八位将军思往事，魂归战地化松青。

注：① 八位将军是：吴克华、胡奇才、江燮元、李福泽、莫文骅、欧阳文、焦玉山、江民风。

韩恩义

鹧鸪天·战友茶话会

阔论高谈忆戍边，军中二十九年前。兴安岭上餐冰雪，华北荒原守险关。　　经坎坷，且登攀，青春似火此心丹。激情岁月匆匆过，往事如烟白发添。

韩淀滨

解放大西南

动地风雷荡贵川，红旗席卷半边天。
炮车飞转如生翼，战马奔腾似出弦。
方报渝州迎解放，又闻康定凯歌旋。
铁拳击卵殃军灭，未靖边疆岂歇肩！

喻　晓

访北极黄河科考站

邮轮越沧海，一梦到南柯。
壁立山如铁，波掀浪卷涡。
冰川辉日月，石兽伏清波。
来访黄河站，先听励志歌。

虞美人·穿越北纬80度

船穿北纬八十度，冰锁前方路。天风阵阵助鸥回，忽见暗潮浮动鳕鱼飞。　　晴空日月双悬久，极昼明窗牖。一生能得几回看，把酒畅怀乘兴摄冰山。

水调歌头·重上西藏

重踏通天路，再上地球巅。仰头殿阙高耸，金顶耀云边。山列银装玉树，江绕奇峰危岸，随处舞经幡。佛地梵曲永，未见鹤成仙。　　车笛响，城市闹，是尘寰。飞机好似鹏鸟，扶摇上青天。铁轨欲穿星斗，寒月荒原有伴，巨手拂云烟。历史须人创，宏图起雪原。

喻少春

忆江南·雪莲[1]

昆仑俏，最俏雪莲花。屹立云崖承雨露，笑迎风雪发春华。谁不爱奇葩。

注：① 藏民赞美边防战士似雪莲。

红其拉甫导航气象站

丝绸古道此关山，今日风光更好看。
欧亚引航银燕度，周公嘉勉暖心间[1]。

注：① 周恩来总理1965年出访欧亚各国，飞越国境时，曾给该站发了嘉勉电。

程　敏

首届军旅诗词研讨会

诗坛一帜古相传，不朽军魂豪放篇。
洪韵曾同笳鼓竞，燕歌常驱铁衣寒。
昔年赴死情慷慨，当代吟风势盎然。
莫让前人居绝顶，峻峰座座待登攀。

读《黄克诚自述》感怀

文韬武略挽狂澜，暴动湘南一俊贤。
匡稷扶民掏肺腑，强军饬政舍华年。
常怀战友捐心血，不惜残生效马援。
刚直不阿群众仰，清风明月满人间。

程分圣

通信兵

无线银波掠太空，敌情捕捉乱云中。
青春不恋花间月，志在谋赢信息通。

汽车兵

铁马骋驰豪气扬，披星戴月谱华章。
奔波万里天涯路，满载春风暖塞疆。

气象兵

宇宙风云变幻多，眼观六路检银波。
雷公电母行踪晓，巧借天襄奏凯歌。

程启瑞

忆赴边境战地采访

跃马昆仑天路寒，云中行看夕阳残。
攀登雪岭身无翼，跋涉冰河心未闲。
祖国亲人情切切，边关战事意悬悬。
中秋遥望边防线，忽报英雄奏凯旋。

鹧鸪天·南海长城

南海风云放眼量，貔貅窥伺梦黄粱。今非甲午华殇日，信有雄狮捍海疆。　齐奋勇，共图强，三沙兴市射天狼。椰林掩在波涛里，海上长城卫我邦。

智水　愚山

梦谒马克思故里

伟人桑梓地，共产火源头。赤焰光寰宇，惊雷震五洲。溃堤因蝼蚁，解体始苏欧。四海云皆黑，神州势独遒。　疾风知劲草，志士抗横流。朝日驱迷雾，晴空豁远眸。一言铭九鼎，亿众赋同仇。故里梦魂仰，大同万古讴。

傅杰全

望海潮·唐山解放四十周年

九河喑寂，燕山着雪，寒凝渤海雄湾。决战冀幽，兴师戊子，扫清千古狼烟。封瓮待全歼。看气吞河岳，志勇冲天。穷寇惊逃，红旗腾舞大城山。　　名城百代悲欢。有御侮壮烈，工运英贤。天降浩劫，山崩地坼，瞬息断壁颓垣。人世纪绝篇，叹灰埋庞贝，沙葬楼兰。惟我唐山未泯，今更焕新颜。

傅毅武

高原骡马运输队

骡马今朝何处见?日东畜运驭騑騑[①]。
攀援雪域五千米,横渡冰河二十回。
原始森林遮日黯,寂寥沼泽暗藏危。
漫漫险径崎岖路,期盼峰峦辎列飞。

注：① 日东边防站位于西藏最东端的中缅边境，至今仍用骡马运输保证供给。被誉为“雪山牦牛”的全军先进典型尹祥美同志，曾任该骡马运输队队长。

舒　翼

保钓曲

谁在钓鱼掀浊浪?天人共怒斥癫狂。
明初典籍证如铁,二战宣言纸未黄。
自有文韬惩腐恶,岂无武略镇嗥狼。
中华寸土不容割,尽见安邦热血郎。

征　程

——南京陆军指挥学院建校七十周年

薪火相传一脉通,遵循校训树新风。
廊亭水榭春光秀,武略文韬俊彦雄。
创业尤须牛驾轭,攀峰更盼马腾空。
金瓯永固民安乐,猎猎军旗世代红。

鲁玉昆

试飞英雄李中华

长空砺剑二十年，歼十成型冲云天。几代志士呕心血，勋章首奖试飞员。低空超音冲极限，犹似银鹰掠浪尖。失速尾旋称天险，“死亡螺旋”谱新篇。百次化险鬼神叫，搏天之识擒猛鹞。三角翼创“零坠毁”，九霄雷鸣搏狂飚。主席嘉勉众人夸，无愧科研飞行家。铭记使命甘奉献，爱岗敬业技术佳。临危不惧英雄气，中华精神绽红花。

采桑子·航空兵夜训

斜阳西下银钩挂，暮霭朦胧。勇隼升空，极目风云练硬功。　　厉兵秣马连沧海，防御夷凶。笑傲苍穹，技术精良志未穷。

网络战随想

无形无影亦无声，黑客强于数万兵。
病毒狂攻瘫网络，鼠标轻点见输赢。
恃强惯打春秋战，称霸先开楚汉争。
弱易遭欺当砺剑，已闻高手执长缨。

童登庆

晚　晴

解甲归田后，文坛初入门。
挥毫思昨日，学画迓新春。
常练身心健，勤钻意境深。
激情吟夕照，梦里颂军魂。

忆边境作战值班

已止硝烟二十年，相逢战友话值班。
一声铃响惊宵梦，万里波飞系老山。
合作标图核笔记，分工对稿校芸笺。
红帖封罢雄鸡唱，倦眼翻书未入眠。

温万安

鹧鸪天·军营别

卸甲离营羽信纷，老军回首泪沾巾。三十八载情千缕，念炮恋枪思故人。　　旗猎猎，号频频，几回梦断柳营春。身离心系缘难了，来世关山再戍屯。

温新宏

谒北京平西抗日烈士陵园

十渡桥西曲水环，碑林塔耸柏森然。
青山默默岫云冷，纸蝶翩翩菊蕊鲜。
利剑大刀诛敌寇，丹心碧血荐轩辕。
深情拜谒花篮寄，华夏腾飞告九泉。

我海军舰艇编队赴亚丁湾护航肃盗行动喜赋

小试牛刀奔远洋，护航肃盗骋疆场。
螺旋桨动雄鹰起，武备舱开神箭张。
破浪威风华夏舰，冲天豪气汉家郎。
郑和欣看长征令，笑指洪波道路长！

寄怀赤瓜礁守卫官兵

榆林南去过西沙，碧浪滔滔拥赤瓜。
逼退强徒维寸地，筑成礁堡接天涯。
波光剑舞晨曦远，云影锄挥夕照斜[①]。
搏雨凌风冬复夏，一腔情爱满中华。

注：① 守礁官兵在礁堡上种花、种菜，以减轻祖国人民的负担。

吴哥长城情相依

——赠在防化学院进修的柬埔寨全体学员

蜡像千年入雪词，康宁更赖砺雄师。
至交患难情犹炽，抵抗强权心共惜。
鹰苑春秋钩淬刃，鹏程岁月肇宏基。
吴哥挽臂祝福瑞，塞下居庸有故知。

晋察冀军区司令部旧址忆黄土岭之战

拒辽征战地，抗日大旗红。
鱼水游击畅，豺狼扫荡凶。
闲庭挥羽扇，阿部落飙风。
待捣黄龙府，还来告聂公。

游京录

开国领袖进京赶考

开辟新天赴旧京，元戎慎惧倍兼程。
公车未忘民推举，广厦犹防蠹自生。
唐邑挑灯思圣绩，范阳联辔致中兴。
可堪故国百年史，玉宇襟怀万世平。

谢　毅

站哨夜思

荷枪今夜守边庭，野旷天低塞草青。
军服迎风沾冷露，刺刀耀月挑寒星。
贴心捂热全家福，站哨赢来万户宁。
梓里妻儿应熟睡，笑霞朵朵颊腮停。

鹧鸪天·志愿军英烈遗骨归国安葬感赋

亮剑昂昂六秩前，丹心许国岂思还？旆扬战阵风云怒，血染征衣冰雪寒。　　携马革，扫狼烟，归来遗骨葬家山。英魂守护中华梦，烈士千秋壮地天！

苏幕遮·咏开山岛民兵夫妻哨

踏流云，披落照。石磴崎岖，往返知多少？廿载相濡同值哨。潮去潮来，岩岸翔鸥鸟。　　鬓飞霜，牵手笑。苦楝根深，岂惧台风暴？迷彩燃情情系岛。猎猎升旗，碧海丹心耀。

谢练勤

和田维稳

风驰电掣入和田，大漠茫茫出玉关。
作息起居无榻椅，欢歌娱乐少丝弦。
云翻沙暴漫天舞，雪卷塞风揭地旋。
维稳边陲何谓苦，为安社稷志弥坚。

两地书母子情

寒凝朔地霜，戍子忆家乡。
遥念父劳苦，为教儿激扬。
从军当报国，跃马走边疆。
但愿凯旋日，春风拂奖章。

谢胜坤

将军学府

将军学府不寻常，百战余生书画忙。
两眼朦胧头已白，一身余热笔生光。
英雄再展当年勇，老骥未松千里缰。
硕果得来诚不易，黄花更沐晚风香。

谢彩霞

咏　竹

裂土穿岩不惧难，痴情点染绿山川。
胸中自有凌云志，赢得高风满世间。

蒿连升

一丛花·太空课堂

天宫神舟手相牵，酣畅舞翩跹。飘飘玉女开新课，物理实验摆上天。水珠儿飘，陀螺儿摇，单摆甩成圆。　　三百里外润心田，爽气满人间。太空探索真奇妙，大小朋友趣油然。银河多宽？天狼多远？争欲探尘寰。

赖福春

《沂蒙老兵郑书箴》读后

戎马生涯四十春，沂蒙山水铸真金。
征程重辟歇鞍马，字画新修励后昆。
忠骨文峰山作伴，雄师抱犊崮书勋[①]。
千秋英烈精神在，希望之苗可育林。

注：① 文峰山、抱犊崮均在沂蒙老区为抗日根据地。文峰山有烈士陵园，郑老生前曾多次瞻仰，并组织书画家作“文峰山图”及“抱犊崮图”，自作诗文以资纪念。

雷海基

忆一九六九年赴前线侦敌

千里草原大雪天，北陲鹤唳起狼烟。
熊罴蠢动关山急，将士豪情热血捐。
巧用巡空高智慧，化成卫国壮诗篇。
悉知紫塞风云变，飞报京城太液边。

忆626部队赴西藏剿匪

中枢急令下西南，万里云飞指顾间。
涉水追踪行九百，翻山策马越八千。
潜心察敌神无我，卧雪餐冰心有丹。
眼底风烟虎帐策，不擒叛匪不回还。

沁园春·密云梦[①]

京北密云，古镇太师，军旅学堂。有五湖四海，书生追梦。一天九课，铅笔当枪。电码声悠，操场步正，苦练真功为国防。待毕业，赴东陲西域，北塞南疆。　　人生曲折如肠，致八百同窗纷逞强。看工商军政，曾铭勋绩。琴棋书画，再展优长。职退休闲，不甘落寞，争比谁家更健康。莫愁老，可相携欢度，第二春光。

注：① 总参北京密云军校校友聚会，追忆上世纪六十年代初的军校生活，有感而作。

参加红叶诗社年会感赋

百余儒将聚西山，共赏诗园茂叶丹。
戎马从来蕴豪气，柳营也竞涌文泉。
今逢盛世边防靖，亦患异邦狼虎眈。
当把军魂凝笔底，随时化作铁城关。

詹 强

延 安

历尽凄寒火种留，挑灯窑洞铸春秋。
常挥铁马腥风急，惯见烽烟血雨稠。
猛虎出山驱贼寇，黄河入海汇洪流。
天翻地覆风云变，宝塔巍巍一望收。

詹国熙

书 怀

一

娇小桐灯闪，攻书午夜忙。
身旁慈母在，引线制荷裳。

二

稀龄当少壮，八秩不时新。
勤学儿孙样，诗联自有神。

赞世界第一高铁

新科高铁九州飞[①]，有幸愚翁乐举杯。
时速全球它最快，专程广汉鸟难追。
詹公气概今犹在[②]，兴国蓝图总又催。
优化运输寰宇赞，南疆千里一朝归。

注：① 世界第一高铁，2009年12月26日在中国“起飞”，平均时速367.5公里。② 詹公，指詹天佑。

解本亮

工兵颂

工兵始建在安源，矿友凝成第一连。
屡立战功军史载，摧城拔寨跃军前。

红军北上路途遥，行至于都水阻挠。
初建工兵身手好，长征架起第一桥。

抗日八年多俊雄，地雷地道显威能。
工兵传艺教民众，敌寇层层火阵中。

百万雄师过大江，工兵筹措渡舟忙。
金汤一刹烟销尽，闪电雷霆破敌防。

红旗插上一江山，登岛工兵冲在前。
人似蛟龙船似箭，联合作战灭凶顽。

顶风冒雪走天涯，大漠荒原战恶沙。
双手辟开强国路，蘑云升起绽心花。

当代工兵任务新，肩担道义出国门。
维和世界军威展，接力长征有后昆。

褚　栋

诉衷情·喜闻两岸经贸文化论坛圆满闭幕

炎黄后裔故园情，血脉本相承。东风阵阵强劲，春水化坚冰。　　赤子愿，盼三通，共繁荣。国人期待，尽扫阴霾，万里晴空。

暮　趣

丹青翰墨晚生情，博弈攻防趣味浓。
酌句斟词歌盛世，翠堤垂钓夕阳红。

褚恭信

千秋岁·悼中国航天之父钱学森

宗师巨擘，力掌航天舵。院所建，英才茁。百年成伟业，星弹功勋烁。华夏盛，国威大振诸强慑。　　忽报双星落①，天地伤悲啜。泰斗去，箴言灼。人才培养事，创新焉能没！无创见，航天新路谁开拓？

注：① 指我国科学界两位大师贝时璋、钱学森相继逝世。

念奴娇·赤壁畅想

火烧赤壁，越千年，战法兵戎全变。魏武有知当自愧，难辨战争真面。环视今朝，战区何在？陆海空天电。输赢已决，两军还未相见。　　诸葛纵有神机，谅他难料，电子先开战！立体纵深非线性①，没有后方前线；精确攻歼，拔除要害，体系全瘫痪②。信息制胜！孔明公瑾惊叹。

注：① 指立体超越、大纵深、非线性的作战模式。② 指先摧毁敌方指挥机构等要害目标，瘫痪指挥体系。

静 扬

水调歌头·中华军魂颂

赣江云水怒，井冈炮声隆。熊熊烈火燃起，大众盼救星！旗帜镰刀阔斧，扫除人间腐恶，挥剑斩苍龙。翘首八十载，喜看九州红。　　党指挥，民为本，路光明。戎装奋进，和谐欢畅放豪情。潜海航天威力，誓攀前沿科技，富国砺精兵。背负新使命，华夏竞飞腾。

念奴娇·参观雷锋纪念馆

是何灵物，在召唤，如此感人心魄。四面八方齐景仰，绿女红男云集。岗位平凡，非凡事业，日月经天熠。非仙非圣，圣仙何以能及。　　一部日记传人，寻常语言，表不凡心迹。革命应须忘自我，为党为民为国。整顿乾坤，清除污垢，万木争春日。雷锋万古，精神高耸山脊。

鹧鸪天·送老战士复员

柳叶纷飞半夜霜，北风归雁一行行。营盘自应千年固，战士何须两鬓苍。　　山水险，路途长，千叮万嘱记心房，青鱼白饭葡萄酒，一曲军歌闪泪光。

西陲哨卡

哨卡依山立，昆仑六月寒。
五洲多魍魉，四海有波澜。
天阔云烧火，风强石走丸。
握枪如抱璞，留取寸心丹。

碧玉箫

三沙从军行

一

十八从军事海防，去年今日别家乡。
亲娘教导犹萦耳，保国才能保卫娘。

二

小岛如盘托哨冈，青天碧海两茫茫。
从军幸到三沙市，扛起红旗护海疆。

三

男儿立志保中华，海上长城海作家。
生作巡航真勇士，死为雄鬼护三沙。

蔡　捷（女）

采桑子·怀念毛主席

大同伟业酬宏愿，推倒三山，改换新天，开启中华崛起篇。　心牵凉热民均享，垂范清廉，遗爱人间，与日同辉照永年。

赞好官牛玉儒

玉儒甘作众之牛，清正廉洁壮志酬。
勤政为民民赞颂，奉公克己己无求。
不辞羸病何惜力[1]，但展鸿图岂肯休。
雅致兰花香自远，长存风范照千秋。

注：① 宋李纲《病牛》有句："但得众生皆得饱，不辞羸病卧残阳"。

蔡吉新（女）

嘉峪关

迤逦长城越万山，龙盘虎踞一雄关。
碉楼御敌飞尖矢，烽火传兵升直烟。
塞北遥观荒漠阔，疆南仰望雪山宽。
高炉林立金蛇舞，耀眼钢花映昊天。

观秦兵马俑有感

陶兵泥甲玉骄骢，勇士如云护地宫。
曾统九州成霸业，始称皇帝也威风。
焚坑有意缄民口，征敛无休怨祖龙。
大泽揭竿天下乱，覆舟由水古今同。

蔡贯刚

乡里仰怀钱老

钱塘真赤子，华夏大英豪。
西渡寻科学，东归誓赶超。
征天惊世域，炼剑卫疆霄。
德识铭千古，孜孜育后苗。

蔡彦彪

缅怀陈毅元帅

名将儒风善智谋，外交军事两兼优。
江南创建垂千代，淮海鏖征誉九州。
武略超群奇胜敌，文韬卓尔笔功遒。
胸怀坦荡人豪爽，梅岭三章万古流。

裴济民

纪念粟裕同志百年诞辰

卓绝才华善治军,麾兵布阵智如神。
苏中七战传佳讯,淮海鏖兵建伟勋。
凭赖雄韬操胜券,运筹帷幄净妖氛。
关怀部属如兄弟,耿耿丹心举世钦。

廖开鉴

蝶恋花·军嫂

许下归期期又误。接二连三,难却军人妇。梦里相逢千百度,倚门望断天涯路。　冬去春来春又暮。桃谢桃开,怕看千红舞。无限春光留不住,光荣小宅能言苦?

鹧鸪天·神七问天

“三马”行空举世崇,云天漫步看腾龙。壮民壮国壮军举,神七神奇神气雄[1]。　花遍地,竹成胸,不违众望闯天宫。千年美梦今如愿,祝福航天又一功。

注:①“神七、神奇、神气”,出自解放军原副总参谋长、中国国际战略研究会会长熊光楷上将为《羊城晚报》题字。

鹧鸪天·军花　警花

五载戎装换警装,保家卫国铁心肠。点兵西水红旗烈,踏马东江风雨狂。　巾帼秀,似儿郎,为谁辛苦为谁忙?愿将年少英雄志,除暴安良福八方。

廖平波

大井读书石

夜观天象晓观书,今古风云掌上舒。
火种星星凭击发,山前虎踞细乘除。

水调歌头·二江游

一样江心月,冷暖自分明。难忘当日离去,照我负雏行。直下坡前砌乱,待发江中浪急,相对两凄清。时代沧桑变,仿佛梦初醒。　园林路,从容步,月温馨。楼船泛夜,龟蛇携手并相迎。细数长江叠彩[1],指点云楼簇影,黄鹤下青冥。水殿清平乐,杨柳舞腰轻。

注:① 长虹叠彩,指武汉三镇之间多座公路桥、铁路桥。

廖伯偕

回首当年北大荒

旧梦阑珊忆逝年，虎林完达大山连。
躬腰播种拉机纤，俯首抬筐向坝沿。
一片深情留黑土，三年苦战别荒原。
春秋半纪欣犹健，镜里慵窥雪鬓绵。

谭连元

纪念王震将军百岁诞辰

抬棺上阵[1]

抬棺上阵古来罕，勇猛将军四海传。
激战一天歼日寇，汾河儿女喜开颜。

喋血城关[2]

日寇投降内战酣，将军几度破城关。
连歼蒋贼仨中将，时下文人撰对联。

注：① 1938年冬，日军进犯汾河，王震将军受命出战，战前站在一口棺材上大声说："我领头向前冲，要死我先死，死后装进这口棺材里"。激战一天大捷，将军头部负重伤。② 解放战争中，王震将军率部喋血蟠龙镇，激战瓦子街，奇袭宝鸡城，连毙刘戡、严明、徐保仨中将。当时有人撰联："刘戡戡乱，戡乱未戡身先死；徐保保鸡，宝鸡未保一命亡"。

谭清扬

重访枣庄

烽烟远去六旬年，重访枣庄思绪翩。
昼伏夜行勤运动，出生入死巧周旋。
倭顽覆灭牙旗落，齐鲁重生赤日悬。
不是兵民捐热血，何来盛世小康篇。

薄一波百年祭

决死队驰三晋中，抗倭喋血立丰功。
驱除贼蒋雄鸡唱，解救移民禹域同。
善理财经称妙手，深谋改革赞腾龙。
霜眉不倦思强富，百岁冥辰念薄翁。

翟红本

长相思·回家

缺月斜，满月斜，时序春秋鬓发华。双亲最想娃。　　子回家，女回家，乐享天伦闲品茶。爷孙争种瓜。

井冈山感怀

坐拥井冈三百里，四时绿色映红旌。
万夫莫敌黄洋界，一马当关五井坪。
碑刻殷殷思战友，花开漫漫在征程。
为知旧事清风问，八角楼中灯火明。

翟宝三

四师西进①

四师西进正秋凉，万马奔腾斗志昂。
首战朱庄擒匪首，旗开得胜美名扬。

注：① 1944年秋，新四军第四师由津浦路东打回路西，首战小朱庄，全歼守敌，威震豫东。

樊玉振

忆潜艇远航

大壑波涛激浪翻，蛟龙入海战旗悬。
天时已届黄昏近，地理虽遥瞬息间。
突破隐身沉海底，潜航慑敌梦魂牵。
水中飞箭腾空起，战罢重浮别有天。

黎学忠

沁园春·军旅人生

投笔从戎，壮志凌云，报国尽忠。为空军建设，天山历练，兴安卧雪，守卫寒冬。晋北开弓，河南掘洞，九里山边立苦功。征程急，赴羊城受命，广种青松。　　花溪戎马倥偬，又京隅栽秧育柳桐。正施肥沃土，修枝剪叶，精雕细刻，洒水除虫。卸甲轻装，登高远望，墨海书山再舞龙。今回首，看人生脚印，郁郁葱葱。

颜怀臻

海边练兵

敌情通报疾传呼，临战练兵喧海隅。
百米攻防谋阵地，两栖进退演滩涂。
摔跤肉搏功夫硬，袭夜偷摸动作殊。
捭阖沙盘操胜券，纵横天网捉飞狐。

钓鱼岛

东条余孽莫癫狂，钓岛历来归我邦。
倘若强行冲底线，老夫七十愿扛枪。

潘世信

鹧鸪天·延安颂

宝塔巍巍沐曙光，歌声嘹亮战旗扬。英雄育出千千万，崛起中华作栋梁。　　黄米饭，味尤香。月光下面纺车忙。沉沉黑夜明灯照，直挂云帆启远航。

游武汉长江大桥

万里长江第一桥，彩虹飞架楚天骄。
苍茫紫气连三镇，骀荡东风拂九霄。
鹦鹉洲头芳草碧，龟蛇山上白云飘。
江城五月梅花落，玉笛横吹幸福谣。

潘家定

初探石门高

分明还是旧时村，小巷幽幽连古今。
雨浸祠堂苔色重，泉流石板水声真。
千年银杏说前事，四面青山接碧云。
画栋雕梁曦照里，太白遗句荡胸襟。

潘振沧

贺沈阳军区老战士书画会成立三十周年

击钵三旬国粹扬，涂鸦炼句笔耕忙。
人生有梦寻诗意，岁月留痕洒墨香。
文苑威仪天地贺，兵家符信古今藏。
旗旌耀彩迎风舞，庆典讴歌共举觞。

臧泽波

沁园春·迎国庆颂改革

放眼中华，大地回春，景象万千。望白山西域，生机勃勃；中原南土，绿意盎然。龙马车流，高楼栉比，从业人群乐业欢。三十载，恰白驹过隙，彩绘新天。　　与时俱进翩翩，倡改革须同开放连。创和谐社会，以人为本；小康规划，经济翻番。实践方知，英明决策，引导人民迈向前。唯有党，使国强民富，登上峰巅。

薛俊才

满江红·我航母首次南下护航

辽阔云天，风劲拂，旌旗飞舞。军港外，舰船蛇阵，共随航母。驱护威雄奔似电，大风恶浪何言苦？南训去，千里急行军，骄如虎。　　云追月，风戏雾，多少日，和涛诉。怎能容疆海，列强围堵。驰骋大洋流血汗，舍身报国驱狂虏。待明朝，壮志梦圆时，听箫鼓。

冀　石

江城子·黄河

黄河雨后浪滔天。玉波翻，啸声寒。野马无缰，不见驶舟船。势壮汹汹东入海，来似虎，去如烟。　　穿云破雾抱山川。绿荒原，灌桑田。哺育炎黄，自古是摇篮。泽被中华千万代，情脉脉，意绵绵。

穆常生

参观南昌起义旧址

群英举义战南昌，唤醒工农有武装。
执戟操矛摧旧政，赢来遍地赤旗扬。

戴　瞰

纪念秋瑾就义一百周年

凄风苦雨狂涛涌，东渡只缘恨陆沉。
莽莽神州惊破碎，芸芸大众苦呻吟。
横眉冷对恶权贵，仗剑当诛残暴秦。
巾帼竞雄千古颂，鲜花遍地慰忠魂。

当惊世界殊

——杭州湾跨海大桥胜利通车感赋

杭州湾上奇观现，一线天成枕绿波。
索塔临空风展彩，平台出海水浮莎。
三新硕果功居首，两岸轻车疾似梭。
减耗节能千载计，民生国计万年谟。

戴友礼

南京军区隆重举行抗雪救灾总结表彰大会

意气风发凯歌昂，抗雪英雄聚一堂。中枢号令斗冰雪，万马千军赴战场。闽浙驻军奔入赣，抢修电网上崇冈。山高坡陡路面滑，硬骨精神大发扬。七战二桥临汾旅，铲冰通路车流忙。为民宗旨心头记，火海刀山也敢趟。总结表彰鼓斗志，履行使命任翱翔。

戴庆生

井冈山的怀念

是谁在唱请茶歌?情动九霄霞满坡。
翠竹苍松思壮烈,南瓜红米话婆娑。
黄洋界上炮声远,八角楼中灯火多。
救国向无平坦路,仗君赤胆拓先河!

戴寿泉

坝上行

口外风光何壮哉,白云奔马日边来。
安民当数三娘子,警世莫如烽火台。
酒盏飞时情谊笃,牧歌起处雪绒开。
江南游子书辽阔,豪侠苍茫任剪裁。

鹧鸪天·游稼轩祠

剑气箫心满院存，槐阴竹影宿英魂。临湖廊道羁游履，许国情怀寄美芹。　　披战甲，换儒巾，一生痴梦靖烽尘。如今剩有飘檐雨，来慰祠中失意人。

魏　节

播洒阳光有天使

——赞十八大军队基层代表房萍

孩提踏浪恋晨光,蕴蓄胸中万缕阳。
暖语温柔含劲力,灵眸智慧透刚强。
机台短线通天宇,营地长波接海防。
开启兵心窗一扇,女儿最美绿军装。

浪淘沙·亚丁湾远征

铁舰首巡航，水碧天长。劈波斩浪战旗扬。公海登场宣正义，海盗心慌。　　三保下西洋，丝路帆樯。当时事业正重光。“走向大洋”明远志，固我金汤。

参观狼牙山烈士纪念塔

和松伴柏屹棋峰，叠叠星辉耀碧空。
驱寇危崖歌壮烈，献身易水吊精忠。
风侵霜蚀光难泯，锦簇花团气更雄。
照岭还惊夕阳色，犹记当年战血红。

魏　军

星　空

满天星若尘，静夜睹其真。
璀璨恒无语，微光杳渺痕。
平安万家夜，无悔戍边人。
思逸时空远，诗存大野魂。

边关行吟二首

万里镜波悬碧空，长风漫卷国旗红。
盘营边地担时任，流水官兵铸赤忠。
迎日出勤山作乐，披星站哨我为松。
每逢万户团圆夜，天寄相思明月中。

兵心无悔守边关，送走朝阳待月圆。
挥洒青春乡梦远，丈量脚步海天宽。
英雄自古堪磨砺，纨绔从来惯等闲。
他日回眸军旅路，国安有我铁肩担。

魏　勇

随师赴甘孜

又是新春佳节时，援边急令赴甘孜。
愧辞妻子奔寒域，怒斗妖魔立警威。
大渡河边磨利刃，折多山上起雄师。
残云扫尽康巴雨，捷报飞还笑未迟。

魏新河

水龙吟·黄昏飞越十八陵

白云高处生涯，人间万象一低首。翻身北去，日轮居左，月轮居右。一线横陈①，对开天地，双襟无钮。便消磨万古，今朝任我，乱星里、悠然走。　　放眼世间无物，小尘寰、地衣微皱。就中唯见，百川如网，乱山如豆。千古难移，一青未了，入我双袖。正苍茫万丈，秦时落照，下昭陵后。

注：① 一线句谓天地线。

贺新郎·天半放歌

四望真天矣。扑双眸、九重之上，混茫云气。天盖左旋如转毂，十万明星如粒。那辨得、何星为地。河汉向西流万古，算人生一霎等蝼蚁。空费我，百年泪。　　当年盘古浑多事。一挥间、太初万象，至今如此。试问青天真可老，再问地真能已？三问我、安无悲喜？四问烝黎安富足，五问人寿数安无止？持此惑，达天耳。

辛卯收灯日高空巡边

天门原不闭，容我泛星河。
流响过云疾①，清辉近月多。
九州圆似掌，五岳散如螺。
列国周巡罢，摇身东海阿。

注：① 因空中无参照物，恒不觉飞行，但闻机鸣声，逢云觉超音速之迅也。

九机编队特技飞行

一行鸿雁起，比翼在天台。
铁楔补天裂，银花向地开。
七千年望去，九万里归来。
回看翱翔处，残云剩几排。

魏增宇

“八一”抒怀

也曾入伍过三秦，军号声声战鼓频。
阵地点兵怀壮志，沙场驭炮显威神。
一窗皎月多思梦，八载银河少渡津。
又见青年齐接力，军旗猎猎靓装新。

瞿异斌

沁园春·五月悲歌

西蜀龙门，破狱殃魔，灾袭汶川。骤河山撕裂，山崩路绝；城乡摧毁，地陷人湮。千万生灵，安宁瞬息，骨肉分离难再圆。真凄怆，虽百年几遇，惨状空前。　临灾举国驰援。拯民命、中枢置令先。有铁军踏险，搜寻震带；雄鹰越阻，来去蓝天。襄助倾囊，至诚凸显，大义仁心一脉传。惊寰宇，赞堂堂中国，大爱无边。

迎送八位海地遇难英烈

寒雾低沉笼燕京，中华迎送泣英灵。
汶川祸祲今犹梦，海地灾生系我情。
铁血蓝盔彰大爱，丹心忠骨卫和平。
芳馨永播倾肝胆，一曲悲歌万古铭。

水调歌头·建党九十年抒怀

昂首高歌发，满目大旗红。银镰金斧辉映，万众乐融融。处处春风化雨，灿烂霞光如画，骏马跃长空。千管丹青笔，彰显众英雄。　肩新任，除腐恶，息相通。铮铮铁骨，应对艰险自从容。固本康民富路，百族英才合力，奋勇越高峰。四化成功日，大地起蛟龙。

瞿险峰

满江红·特战勇士

战鼓隆隆，云集了、八方英杰。严部署、精兵骁将，突奔荒堞。卧雪餐冰曾伏虎，翻山越岭能擒蝎。保平安、利剑斩妖魔，人民悦。　国徽耀，身如铁。扬正义，甘流血。任滔天浊浪，死亡威慑。英勇顽强担重任，忠诚爱党情真切。誓扫除、一切害人虫，神州洁。

鹧鸪天·军嫂来队

晓起操刀入灶前，晚拨云海浣衣衫。营前哼唱边关事，月下吟哦卫士言。　情切切、意绵绵，夫妻夜话领军篇。低声软语娇姿秀，怎奈晨操搅梦残。

一剪梅·警营女兵

褪去红装换绿装，肩挎钢枪，气宇昂扬。练兵场上汗流香，勇斗风霜，不让儿郎。　忙里偷闲抹淡妆，对镜惊惶，哭笑难当。柔声细语告爹娘，梦想飞翔，收获丰穰。